# 星の教室

高田郁

角川春樹事務所

# 目次

# 星の教室

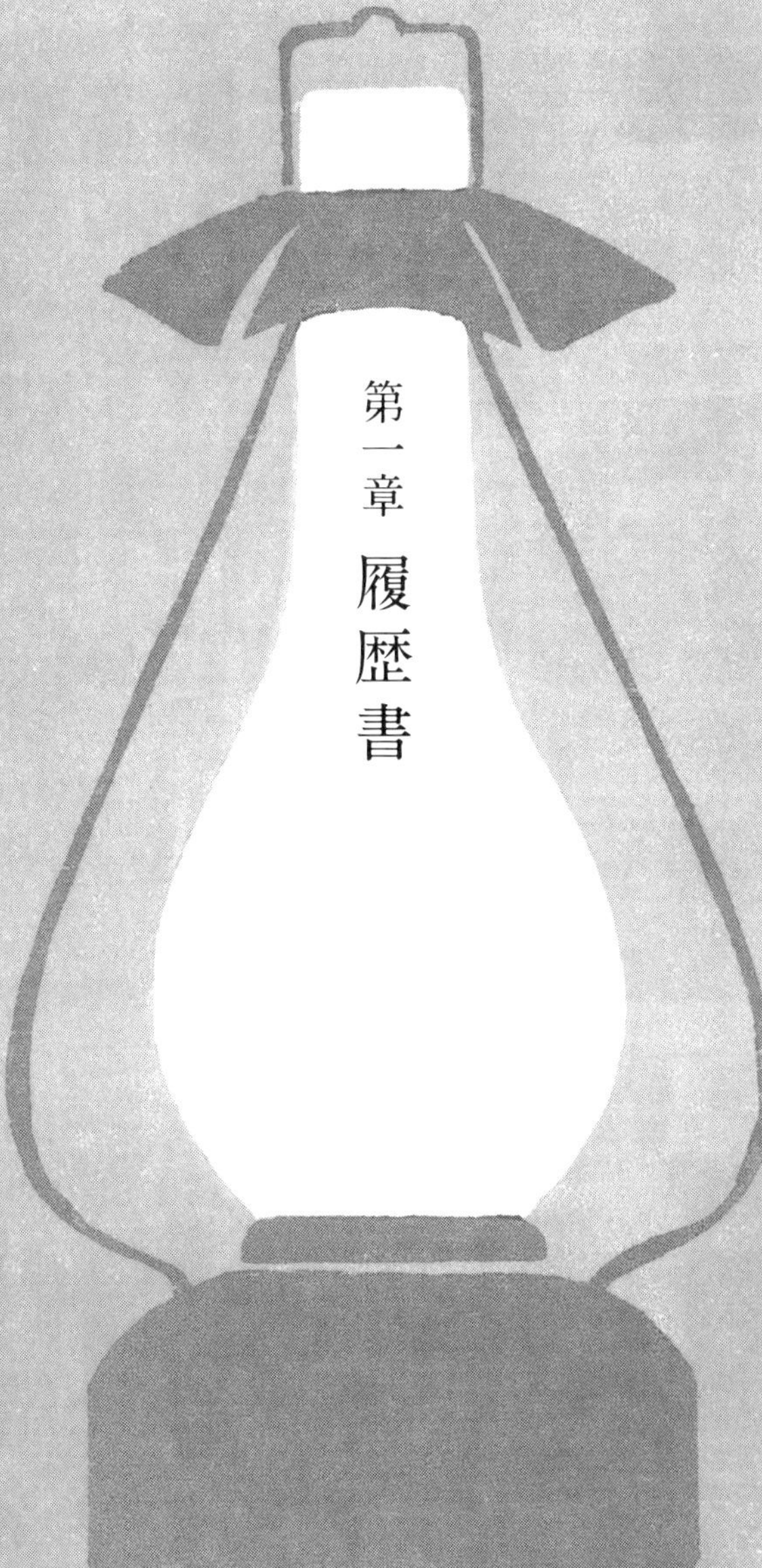

# 第一章　履歴書

低い音量で、FMラジオが流れている。

二〇〇一年、一月八日。

午後四時の時報に次いで、関西エリアの天気予報。十五坪ほどのレンタルビデオ店「アガサ」にいた客たちが、ビデオやDVDを探す手を止めて、雨の心配がないか否かを気にしていた。

曇天《どんてん》から晴天へ、というこれからの予測に、「ラッキー」との華やいだ声が店内に響き渡る。

店員の潤間《うるま》さやかは、邦画の棚を整理しながら、声の方へと目を向けた。

御所車《ごしょぐるま》や洋蘭《ようらん》などを染めた色とりどりの振袖《ふりそで》に、純白のフェイクファーのショール。一目で成人式帰りとわかる艶《あで》やかな装いの女性が四人、新作コーナーの前ではしゃいでいる。二次会に行くまでの暇潰《ひまつぶ》しで、アガサに立ち寄ったのだろう。

「傘なんか持ってきてへんもん」

「レンタルやし、汚れてもええんやけど、足もとが濡《ぬ》れるんは、めっちゃイヤやし」

商店街の店ゆえ、買い物帰りの客が多い中で、彼女たちのところだけ光が集まっているように見える。

もしかしたら。

もしかしたら、あの輪の中に、私も居たかも知れない——さやかはふと思ったものの、唇を引き結んで脚立を降りた。

三月生まれのさやかは、まだ十九歳。だが、成人式は学齢式で行われるため、式典の案内状は、さやかにも届いていた。

行くわけがない。

「あいつら」に会うかも知れへんのに、行くわけないやん。

当時、中学一年生。新しい学校生活に胸を膨らませていたさやかは、同級生たちから思わぬ仕打ちを受けた。

集団無視から、やがて殴る蹴《け》るの暴力へ。教師の目の届かないところで、あるいはアクシデントに見せかけて、と遣《や》り口《くち》は陰険で執拗《しつよう》だった。

あれから八年。八年経ってさえ、こんな風に、身体中《からだじゅう》の古傷がずきずきと疼《うず》き始める。さやかは奥歯を噛《か》み締め、じっと痛みに耐える。

「お姉ちゃん、お姉ちゃんて」

不意に背後から肩を叩《たた》かれて、さやかは驚いて振り返った。

常客の老人が「何遍、呼ばせるんや」と苦笑いしている。

新作の案内を請われて棚へと案内すれば、目当ての作品を見つけたらしく、常客は「おおきに」と相好《そうごう》を崩した。

「あんた、口数は少ないけんど、よう働くなぁ。『ええ子が入ってくれて良かったな』て、さっきも店長に話してたとこや」

老人は言って、カウンターを指し示す。

それに気づいたのだろう、レジ前の中年男性が、軽く片手を上げてみせた。アガサのオーナー店長の緒方《おがた》だった。

フライドチキン屋の店頭に居るカーネル人形に、体形や面差しが似ている。穏やかな風貌そのままに人当たりも柔らかで、何より映像作品に対する造詣《ぞうけい》が深く、客からの信頼も厚い。

アガサは、さやかの自宅から電車で三駅。旧作が豊富で、店の雰囲気もとても良い。度々訪れては、好みの映画のビデオを借りていた時期が、さやかにはあった。人と交わることが苦手なさやかにとって、アガサで出会う映画は、友人にも似た存在だった。

昨秋、店内の「アルバイト募集」の張り紙を見て応募してきたさやかを、躊躇《ためら》いなく雇い入れたのが、店長の緒方だ。丁度、ビデオテープからＤＶＤへ少しずつ商品を替えていく転換期で、人手を要していた。出来れば映画好きなひとが良い、と思っていたという。

まずは棚の顔とレジ打ちをしっかり覚えてくれ、と命じられて三か月。漸《よう》く、仕事にも慣れ始めたところだった。

祝日のため、仕事帰りの客は少ない。午後八時前には、客足は一旦、途絶えた。

「さやかちゃん、もう上がって良いよ」

緒方店長に促されて、さやかは「はい」と応じ、エプロンを外す。カーテンで仕切られたバックヤードで身仕度を整えて、「お疲れさまでした」と店長に声をかけ、そのまま外へ出ようとした時だった。

ああ、そうそう、と何かを思い出した体《てい》で、店長がさやかを呼び止める。

「さやかちゃんの履歴書をもらい忘れてて。悪いんやけど、用意して持ってきてくれへんかな」

店長の言葉に、さやかは一瞬、息を止めた。マフラーを巻いているはずが、首筋がぞくりと冷たい。

返事もできず、棒立ちになるさやかを見て、店長は少し慌て気味に、いやいやいや、という風に、両の掌《てのひら》を振ってみせる。

「健康保険証のコピーももらってるし、特に深い意味があるわけやない。ただ、こういうことは決まりやし……」

いつでもええからね、と言い添える。何か事情があるのだろう、と察した様子だった。

辛うじて挨拶《あいさつ》をし、店の表へ出る。

商店街にも、ちらほらと晴れ着姿の新成人たちが見受けられる。一生のうちでただ一度、成人式を迎える喜びを、当たり前に享受《きょうじゅ》している彼ら、彼女ら。その姿に、何ともやるせなく、やりきれない思いが込み上げて、さやかは負の感情をぐっと嚙み殺した。

中学生になり、新しい制服に馴染《なじ》んだ頃《ころ》、突然、クラスメートたちから、標的にされた。凡庸な風貌《ふうぼう》、内気で目立つことは好きではなかった。標的にされる理由が何なのか、何がきっかけだったのか、さやかにはわからない。

透明人間のように扱われることにも、理不尽な暴力を受けることにも、さやかは疲れ果てていた。今にして思えば、もっと遣《や》り様《よう》があったのかも知れない。けれど、両親にも学校にも自分が置かれた状況をうまく伝えられず、理解も得られなかった。大怪我による入院のあと、二学期の途中から、不登校を通すこととなった。

卒業式を前に、担任と称する教員と学年主任とが幾度もさやかのもとを訪れ、「卒業証書だけは受け取るように」と説得にかかった。

しかし、その学校の卒業生として扱われることだけは、受《う》け容《い》れ難い。誰《だれ》に何を言われようとも、断固として拒んださやかだった。

卒業証書を受け取らなければ、中学を卒業したことにはならない。中途退学、略して中退、というのは、義務教育には馴染まないかも知れないが、さやかにとって、心情的な学歴はまさに「中学中退」だった。義務教育さえ終えていない、という事実は、途方もなく重い。

子どもだった頃は気づかなかったが、通常なら高校を卒業する歳《とし》になり、アルバイトでも良いから働こう、と思った時に、初めて事の重大さに直面した。

さやかの経歴を知ると、相手は「まさか、そんな」と例外なく絶句する。そして必ず「義務教育も終えていないようなひとは……」と拒む。そこに至って、さやかは「中学中退」の重荷を思い知るのだった。

家族経営のコンビニや配送業、喫茶店などの過去のアルバイト先で、履歴書を求められる度に、逃げるように辞めていた。三月《みつき》も続いたのは、アガサが初めてだった。

商店街のアーケードを出る時、店を振り返る。間口の狭い、しかし掃除の行き届いた出入口。「古い名作もそろっています」と書き添えられた看板。他《ほか》より時給が良いわけではないのだが、緒方店長はさやかのプライベートには踏み込まず、その仕事ぶりを評価してくれる。新旧の映像作品に触れられるのは楽しいし、居心地の良い勤め先に違いなかった。

辞めるしか、ないんやろな。

でも、もう一遍、催促されるまで居《お》りたいなぁ。いや、ほんまはずっと、ずっと……。

悩めるアルバイト店員は、心を決めかねて、小さく吐息を重ねた。

駅に続く道路脇《わき》、七十前と思《おぼ》しき女性が、軽やかに自転車を漕《こ》いで、こちらへ向かって来る。何が楽しいのか、満面に笑みを浮かべ、歌らしきものを口ずさんでいた。

くじける友の手をにぎりぃ、との歌声を置き土産《みやげ》に、老女はさやかとすれ違う。ペダルの踏み込みも力強い。

背中の布製のリュックは孫のお古だろうか、クマのアップリケが目立っていた。高齢ながら潑《はつ》溂《らつ》とした後ろ姿を見送り、さやかは暫《しば》らくその場に佇《たたず》んでいた。

ええなぁ。悩みなんかないみたいや。

家族に囲まれて、年金で暮らせて、毎日、好きなように時間使うて……。

ええなぁ。うらやましいなあ。私もいっそ、一気にあれくらいのお婆《ばあ》さんになってしまいたい。その方がきっとラクや。今よりもずっとずっとラクやわ。

胸の内で呟《つぶや》いて、さやかは今一度、溜息をついた。

さやかの暮らす街は、アガサのある繁華街に比して、閑静な住宅地だ。駅の傍《そば》にスーパーや飲食店などが集中するが、少し歩けば家しかない。昔、住宅メーカーが大々的に建売を販売したため、周辺には似たようなこぢんまりした家屋が並んでいた。

門柱の街灯が、「潤間」と書かれた表札と門扉《もんぴ》の鍵穴《かぎあな》の在処《ありか》を仄《ほの》かに照らす。鍵を取り出して鍵穴に差し込んだところで、その手ごたえのなさに、さやかは怯《ひる》んだ。用心のための施錠が、今夜は解かれていた。玄関扉も同じく、解錠されている。

階段脇のダイニングから、ニュース番組の音声と食器の触れ合う音が洩《も》れていた。

足早にダイニングの前を通り過ぎる時、視野の端に、テーブルの上の重箱や、紅白の敷き紙に載せられた鯛《たい》らしきものが映った。

「お帰り、さやか」

パタパタと軽い音がして、母の声が追いかけてくる。

「成人のお祝いをしようと思って。お父さんと今まで待ってたんよ」

やっぱり、との思いが、さやかの足を階段の途中で止めた。いつもなら黙って二階の自室へと逃げ込むはずが、母に背中を向けたまま、「食べてきたから」とだけ、掠《かす》れ声で応じた。

振り返らずとも、母親の落胆した表情や、肩を落とす様子などがわかる。そのまま階段を上がりかけた時、「待ちなさい、さやか」と、悲痛な母の声に呼び止められた。

「さやか、あんた、またバイト変わったん？　今度は一体何やの。何ぼ誕生日前でも、もう新成人やないの。いつまでもフラフラしてたら」

「もう止《よ》さんか」

母の台詞《せりふ》に被《かぶ》せるように、父の怒声がダイニングから響いてきた。

「中学さえ出てへん者に、まともな働き口があるか」

聞きたくない言葉だった。今夜は特に。

ふたりの言葉が刃《やいば》となって、背後からさやかの胸を刺し貫く。痛みに耐えて、さやかは二階の自室へと逃れた。

そのまま、ベッドに身を投げ出して、枕《まくら》に顔を埋《うず》める。

晴れ着を纏《まと》い、笑いさざめく新成人たち。今日見た彼ら彼女らが、瞼《まぶた》の裏に張り付いていた。さやかを不登校に追い込んだ同級生たちも、きっとあんな風に青春を謳歌《おうか》しているのだろう。苛《いじ》めた相手のことなど、思い出すこともなく。

さやかは身を捩《よじ》り、悔しさや理不尽、そして得体の知れない不安を堪《こら》えた。煩悶《はんもん》を続けるさやかに、やがて浅い眠りが訪れた。

学校　来ンナヤ
オ前　ウットイ　何デ　生キテルン
シンデクレヘンカ
この八年、呪文のように繰り返された同級生たちの台詞が、夢の中まで入り込んでいた。放課後の教室や階段の踊り場、トイレ、体育館の用具入れ等々、校内の何処《どこ》かで、幾度となく繰り広げられた情景だった。

止《や》めて、止めて。

さやかは懸命に叫ぶのだが、声にならない。

制服のリボンタイを摑《つか》まれ、締め上げられる。「止めて、止めて」と懇願したが、今度は背中と胸を蹴り上げられた。肋骨《ろっこつ》が嫌な音で鳴る。

止めて、止めて。

「止めろ‼」

自身の絶叫に、はっと目覚めた。

見慣れた天井に、「ああ」と呻《うめ》き声が洩れる。

また、あの頃の……。

真冬だというのに、総身に汗をかいていた。額の汗を手の甲で拭《ぬぐ》って、さやかはのろのろとベッドを降りる。喉《のど》が渇いてならなかった。

足音を忍ばせて、薄暗い階下へ向かう。階段の掛け時計は一時を示していた。

「ほんまにアカンなあ、俺《おれ》は」

まだ起きているのだろう、ダイニングから父の声が聞こえる。

「せめて今日だけは、何も言わんでおこう、と思ってたはずが、口を開けばあいつを追い詰めてしまう」

酔いの回った、切なげな語勢《ごせい》だった。

「それは私も一緒やよ。あの子の将来がどうなるか、心配で心配で仕方がないのも一緒」

成人式の日ぃやったしね、と吐息交じりで応じる母の声も哀《かな》しい。

両親と一人っ子の三人家族。その子どもが成人式を迎える、というのは、親にとって格別な想《おも》いがあるのだろう。だが、その想いに応《こた》えるのは、さやかには難しい。

拗《こじ》れてしまった関係を何とかしたい、何とかしなければ、と思うものの、何をどうすれば良いのか、自分でもわからない。

新成人を抜きにした祝宴が続くダイニングに、さやかは背を向け、階段を戻るのだった。


アガサでは、テレビでの放映をきっかけに、その作品を求めるお客が多い。「ショーシャンクの空に」や「スタンド・バイ・ミー」などはその典型だった。映画番組放映の翌日には、棚を覗《のぞ》き、「あった、あった」と歓声を上げる家族連れやカップルが目立った。

返却されたビデオを戻す作業をしていたさやかは、七十前後の女性が、何かを探すような素振りをしていることに気づいた。少し前の邦画ばかりを集めた棚の前だった。

「何かお探しでしょうか」

店員からの問いかけに、お客はホッとした顔で、「助かるわ」と頷《うなず》く。

「七年か、八年ほど前に上映された邦画なんやけど、題名がわからんでねぇ。夜間中学が舞台になってるんよ」

と、答えた。

夜間中学、と繰り返し、さやかは眉根《まゆね》を寄せる。

定時制高校ならわかるが、夜間中学とは何だろう。

答えあぐねていると、レジに居た店長が大股でふたりに歩み寄った。

「山田洋次《やまだようじ》監督の『学校』ですね」

こちらです、ご案内しますよ、と老女を奥へと誘《いざな》った。

作品を知らない店員に代わって、店長が答える、というのはアガサではよくあることなのだが、今回の遣り取りは妙にさやかの胸に残った。

書き入れ時を過ぎ、手が空いたのを見計らって、さやかは緒方店長に話しかけた。

「店長、さっきのお客さんが言うてはった『夜間中学』って一体何ですか?」

読んでいた業界紙から顔を上げて、店長は言葉を探しながら答える。

「僕も映画で見ただけの知識しかないんやけど、色んな事情で義務教育を受けられなかった大人が通う中学校のことやったで、夜間中学て」

西田敏行《にしだとしゆき》、という役者が夜間中学の教師役を演じた映画「学校」で、店長も初めて、その存在を知ったという。

「戦争とか貧困とかで学校へ行かれへん、いうケースだけと違う。今は、不登校いうんもあるんやそうな」

どくん、と心臓が大きく鼓動を打った。

そういうのがあるんですね、とさりげなく相槌《あいづち》を打とうとしたが、できなかった。

「そない言うたら、隣町の河堀《かわほり》中学が確か、夜間中学やった。あ、いらっしゃい」

あとの方を入店してきた常客に言って、店長は店員との会話を終えた。

隣町の、河堀夜間中学。

店長から聞きだした情報を、さやかはしっかりと胸に刻み付ける。


年明けすぐに比べると、ほんの少し、日の入りが遅くなったものの、午後五時半を回れば周囲は薄暗い。

日中が快晴で雲一つなかったからか、見上げる空は、藍《あい》から赤みを帯びた青へのグラデーションが美しい。ひときわ明るい星がひとつ、「ここに居るよ」と言いたげに輝き始める。プラネタリウムの中に居るにも似た街なかを、さやかは歩いていた。

数駅隔てただけで、まるで知らない街並みだった。徐々に夜の帳《とばり》が降り始めていた。

「河堀中学？　ああ、それなら、あのビルの角を曲がって坂を下りた突き当りや。すぐわかるわ。昼は普通の中学やけど、夜は仰山《ぎょうさん》、お年寄りが通うてはるわ」

道を尋ねた酒屋の店主が、丁寧に教えてくれる。説明通り、大通りを逸《そ》れて坂を下ると、校舎らしきものが見えた。

街路灯が、半分開いたままの鉄製の正門を、仄明《ほのあか》るく照らしている。目を引く白い照明は、正門わきの掲示板上部に取り付けられた蛍光灯だった。

そこに張られたポスターに、さやかは吸い寄せられる。

夜間中学《やかんちゅうがく》で一緒《いっしょ》に勉強《べんきょう》しませんか？

十五歳以上《じゅうごさいいじょう》で義務《ぎむ》教育《きょういく》を終《お》えていない人《ひと》なら誰《だれ》でも入学《にゅうがく》できます。


大きなサイズの紙に、太い鉛筆のイラストを添えて、そんな文言が記されていた。

ほんまやったんや。

ほんまに、こんな学校があったんや。

宝物を見つけた思いで、一瞬、胸が躍る。だが、とさやかは周囲に視線を巡らせた。明かりの消えた校舎が眼前に迫る。

昼は普通の中学――先の酒屋の店主の言葉を思い返せば、高揚していた気持ちが萎《な》えていく。コンクリートの壁面に、照明のないガラス窓。校舎が威圧感を伴い、さやかに迫ってくるようだった。

恐い。

中学校と思うだけで、身が竦《すく》む。

あほみたいや、私。

わかりきっていることやのに、何で、こんなとこへ来たりしたんやろか。

何で、何で、と自問しつつ、惨めな気持ちで正門を離れ、フェンスで囲まれた校庭伝《づた》いに帰ろうとした時だった。

フェンスの向こう側、校庭から「わあっ」と歓声が上がった。何事か、と目を凝らせば、夜間照明に照らされたグランドで、十四、五人の大人がボールを追い駆け、もつれあっている。

何やろ、あれ。

フェンスに指を掛け、顔を近づけて群衆に見入れば、服装もバラバラ、年齢もバラバラな男女が、球技らしきものに興じていた。

ピリピリッと短く笛を吹いている女性は、教員なのだろう。白髪交じりのショートカットに、上下ともジャージの体操服姿だった。

「李《り》さん、無理しないでね。血圧が上がるから。遠見《とおみ》さんも、腰、大丈夫？」

笛を片手に、身を屈《かが》めて気遣う相手に、遠見と呼ばれた男性が、情けなさそうに腰をさすってみせた。

「年は取りとないなぁ、先生。わしも昔はこれくらいの運動、屁《へ》でもなかったんやで」

「遠見さん、しっかりしぃ」

元気のよい老女が、

「帰りにビール、おごるよってに」

と、朗らかにエールをおくる。

「ほんまか、ほんまやな。ほな、頑張るで」

いきなり腰を伸ばした遠見の姿に、周囲からどっと笑い声が起こった。

何か変やなぁ。

遣《や》り取《と》りを見守っていたさやかに、柔らかな感情が訪れる。およそ学校の体育の授業だとは思えなかった。

動き易そうな思い思いの服、高齢者も居れば、さやかほどの青年も居る。誰が生徒か、先生か。全部がごちゃ混ぜで、笛を持って声掛けをしていなければ、区別がつかない。

ただ、誰もが笑顔だった。どうして、あれほどまでに屈託なく笑えるのだろう。フェンスを握る指に知らず知らず、力が入っていた。

その夜。

さやかは夢を見ていた。

いつもの悪夢ではない。夜の校庭で、ボールを摑《つか》まえて走っている。夜間中学の光景の中に、さやかは居た。仲間から笑顔を向けられ、さやかも笑みを返していた。

目が覚めた時に、幸せで切なくて、気づくと涙が溢《あふ》れていた。


「さやか、お帰り」

玄関を開けた途端、母がダイニングから顔を覗かせた。ここ一週間ほど帰宅が小一時間、遅くなったのを気にしているのだろう。

「ただいま」

小さく返すと、さやかは母の顔を見ずに階段に向かった。

「寒かったやろ。甘酒、作ってあるからね。生姜《しょうが》入れて、温めて飲みなさい」

背中に掛けられた言葉に、さやかは立ち止まり、「ん」と短く応じる。今は、それが精一杯だった。

中学一年生の二学期、ひと月ほどの入院のあと、一日だけ登校して、さやかは学校へ行かなくなった。当初、入院生活から日常に戻るのに時間がかかっているだけ、と両親は思っていたようだが、そうではなかった。がんとして不登校を貫く娘を、父も母も受け容れることが出来ない。子どもは学校へ通うものであり、親は子を学校へ通わせるもの。その常識を逸脱《いつだつ》する我が子を、ふたりは理解できなかった。

さやか本人が口を噤《つぐ》んでいたこともあり、同級生たちの苛めの実態は明らかにされないままだった。初めのうちこそ、学校の対応に疑念を抱いていた両親も、結局はその言い分を呑んでしまった。肋骨を折る大怪我《おおけが》は不運な事故だったが、治癒すれば、あとは平常に戻るに違いない――父も母もそう信じていたのだろう。ふたりにとって、子どもの気持ちよりも、体面を保つことの方が大切だったのだ、とさやかは思っている。

学校へ行け。何で行かへんのや。

お願い、行ってちょうだい、さやか。

おおらかで包容力のある父、優しくて温厚な母、大好きだった両親が、鬼の形相で連日さやかを責め立てた。挙句、両腕を左右から引っ張られ、力ずくで学校へ連れて行かれそうになった日々のことを、どうして忘れられるだろうか。

アルバイトを通じて世の中のことを少し知るようになって、両親との関《かか》わりも、ほんの僅《わず》か変化するようになっていた。温かい部屋も、食事も甘酒も、親が用意してくれたものだ。感謝しなければ、と思いつつ、劇的に関係を変えることなど出来なかった。

自室に入り、鞄《かばん》を肩から外して、中から紙の包みを取り出す。バイトに行く前に、文具店で購入した新しい筆箱と筆記用具だった。

鉛筆を手に取り、匂《にお》いを確かめる。木の優しい香りがした。

この一週間、アガサでのアルバイトを終えたあと、河堀夜間中学に立ち寄っていた。校門を潜《くぐ》るわけではない。フェンス越しに校庭や校舎を眺めて、授業をしている様子を見守るためだけに、足を運んでいた。

一週間をかけて、やはりこの学校へ通いたい、との思いを固めた。店長に許しを得て、明日は休みをもらっている。

授業の始まる前に学校を訪ねて、話を聞かせてもらおう、と決めていた。

八年ぶりに、再び中学校へ。

大丈夫か、本当に大丈夫だろうか、と自問を重ねながら、さやかは鉛筆の匂いを胸一杯に吸い込んだ。


夕焼けの空を背景に、コンクリートの校舎が聳《そび》え立つ。

壁の目立つ場所に掛けられた時計の針は、かっきり五時を示していた。さやかは先刻から、電柱の陰に目立たぬように立ち、じっと息を詰める。

下校時間はとうに過ぎているのだが、部活を終えた生徒たちが、正門を通って帰路に就くところだった。ブレザーの制服姿、女子はリボンタイで、かつてさやかが通っていた中学校の制服によく似ている。

河堀中学校は、昼は学齢期の生徒の通う、いわゆる普通の中学校だ。制服姿の生徒が居るのは当たり前なのに、さやかにはひどく応えた。どうしても過去の体験が頭をよぎり、身体が震えだすのを抑えられない。

無理や。やっぱり、私には無理なんや。

中学校に通うなど、最初から無理な話だった——そう思った途端、いたたまれなくなって、さやかは電柱の陰から飛び出した。ともかく、この場を逃れたかった。

「うわっ、わっ、わっ」

悲鳴とともに、キキキーッという自転車のブレーキの音が響く。突然飛び出してきたさやかを避けようと、ハンドルを切ったのは、かなり高齢の女性だった。

棒立ちになるさやかの目前で、ガッシャーン、と派手な音がして、女性は自転車ごとひっくり返ってしまった。

「ご、ごめんなさい」

狼狽《うろた》えながらも、さやかは駆け寄って自転車を起こし、「大丈夫ですか。お怪我、なさってませんか」と懸命に問うた。

あいたたた、と女性は尻餅《しりもち》をついたまま、呻いている。

「何やのん、急に飛び出してくるて、危ないやな……」

言葉途中で、相手は、さやかの顔をまじまじと見つめた。

もしかして、さやかのことを見知っているのか。アガサの客だろうか。訝《いぶか》しく思いつつ、女性の言葉を待った。

「ちょっと足を捻《ひね》ったみたいで」

責める口調ではない。深く皺《しわ》の刻まれた顔、さらに目尻《めじり》に皺を寄せて、老女は続ける。

「私はここの夜間中学の生徒やねんけど、保健室まで、肩を貸してもらえへんやろか」

捻挫《ねんざ》だろうか、骨は大丈夫だろうか、と不安を滲《にじ》ませて、さやかは「はい」と応じる。

自転車を正門わきに寄せてから、さやかは女性へと腕を伸ばした。彼女に肩を貸して、抱き起こす。相手の背中のリュックを見た時に「あれ？」と思った。クマのアップリケが目立つ位置に縫い付けられてある。

記憶の引き出しを探れば、成人の日、鬱屈《うっくつ》した気持ちで歩いていた時にすれ違った、自転車のあのひとではなかろうか。

いや、一瞬のことだったし、見間違いかも知れない。何より、あの時のことを相手が覚えているなど、ありえない――逡巡《しゅんじゅん》しつつも、老女を支えて正門を通り、校内へと進んでいく。

ひとの体温が傍にあるのが心強くて、躊躇いや恐怖や怯む気持ちよりも、今は好奇心の方が勝っていた。

日没前だからか、正門に近い校舎の方に明かりはまだない。ただ、玄関と思しき場所だけは夜間照明に切り替わって、木目の美しい下駄箱《げたばこ》を照らしていた。

「手前のぴかぴかの校舎は、お昼の生徒さんたちが通うとこなんよ。まだ新しいから、エレベーターもあって、視聴覚なんちゃら、いう立派な設備もあるんやわ」

左側にあるのは講堂兼体育館。こちらも新しいものらしい。バスケット部か何かだろうか、ボールを床に打ち付ける音が、表まで洩れていた。

体育館脇の階段を上ったところで、彼女は、

「こっからが校庭。もう暫くしたら、夜間照明が点《つ》くんよ。ほんで、私ら夜間中学生の校舎は」

あっちや、と、校庭の奥を指さした。

さやかは思わず足を止め、息を呑む。

三階建てのこぢんまりとした校舎。玄関らしきものはなく、トイレの入り口も吹きさらし。一見して古めかしい建物だとわかった。けれど、夕闇《ゆうやみ》が迫る空を背景に、教室中から洩れる明かりで、校舎全体が淡く輝いて見える。

綺麗《きれい》だ、とさやかは思った。

よもや、そんな感情を抱くとは思いもよらず、自分でも戸惑う。

その時、「あら」と背後から声がした。

「山西《やまにし》さん……蕗子《ふきこ》さんと違う？　どないしたん？」

振り向けば、短髪の中年女性がファイルらしきものを小脇に抱えて、こちらを心配そうに見ている。

蕗子と呼ばれた老女は、そっとさやかの腕を解《ほど》き、今までとは打って変わって軽やかな動作で、さやかの後ろに立った。

「江口《えぐち》先生、ほら、この子」

さやかの背に掌を置いて、「この子ですわ」と、教師の方へと押しやった。

さやかを一目見て、教師は「ああ」と大きく頷いて、

「そこのフェンスに、ずっとかじりついてたひとやねぇ」

と、嬉しそうに笑った。

ここ一週間ほど、フェンスにかじりつき、物欲しげに授業を見つめていた。それを知られていたのだ。

あまりの恥ずかしさに、顔から火が出そうだった。

「夜間中学の教員の江口です。初めまして」

さやかの顔を覗き込むようにして名乗ると、江口先生は、

「どうぞこちらへ。お話を伺いましょうね」

と、古い校舎の方へ先に立って歩き始めた。

授業の開始時間が近いのか、階段を上る足音が重なり、人影が少しずつ増えていく。

逃げよう、とさやかは咄嗟《とっさ》に思った。

ともかく、ここから逃げなければ、と。

「あかんよ、あんた」

蕗子が、さやかの腕をそっと押さえる。

「今、ここから逃げたら、あかん」

前を歩いていた江口先生が、足を止めてこちらを見ている。生徒らしき老若男女も、成り行きを見守っているようだった。

さやかの腕を握る指に、ぎゅっと力を込めて、蕗子は「私も同じやった。今のあんたと」と、静かに告げる。

「フェンス越しに授業を覗くだけで、校門を潜る勇気がなかった。ここまで来ては、あきらめて帰る。最初の一歩を踏み出すまでに、三年もかかってしもた」

三年、とさやかは声低く唸《うな》った。

そう、三年、と蕗子は深く首肯《しゅこう》する。

「何で……何でですか」

信じ難くて、さやかは相手の腕を摑み返した。

「何で、三年もかかったんですか」

孫ほどに歳の離れたさやかに詰め寄られて、蕗子は哀しげに微笑《ほほえ》む。

「小学校さえ出てへん者が、いきなり中学やて。そんな大それたこと、許されるはずがない――そない思うたら、くじけてしもてねぇ。けど、私だけと違う、似た思いをしながら、ここに辿《たど》り着いた生徒は仰山いてますのや」

せや、とばかりに、周りの生徒たちが頷いてみせた。

さやかの腕から力が抜けて、すとん、と落ちる。

蕗子は再度、さやかの後ろに回って、両の手を相手の背中に置くと、

「もう、私らみたいに無駄な歳月を過ごさせとうはないんよ。さあ、行って」

と、江口先生の方へと押し出した。


大きな冷蔵庫に、衝立《ついたて》を挟んで寝台が一台、ソファベッド、消毒薬などのおさまっている棚。スチール机のほかに、広いテーブル。夜間中学の保健室には、何処《どこ》か懐かしい匂いが漂っていた。白衣の養護教諭は席を外し、江口先生とさやか二人きりだ。

「そう……大変な思いをしたんやねぇ」

口の重いさやかから、江口先生は、根気強く話を聞きだす。

中学一年の時に学校で遭《あ》ったこと、その二学期から不登校になったこと。話すうちに当時のことが蘇《よみがえ》り、さやかは幾度も口を噤んだ。

肋骨の古傷がじくじくと疼き、両親から摑まれた腕の痛みが、ずきずきと蘇る。

「潤間さん、潤間さん」

優しく肩を揺すられて、我に返れば、江口が心配そうにさやかの双眸《そうぼう》を覗いていた。

「大丈夫?」

「あ、済みません、ボンヤリしてて」

とても大事なことだから、と前置きの上で、何か尋ねられた気がする。

「先生、もう一度、言ってもらえますか？」

さやかに乞《こ》われて、教師は軽く息を吸い、呼吸を整えた。

「中学の卒業証書のことです。潤間さん、あなた、卒業証書を受け取りましたか？」

「いいえ」

知らず知らず、きつい語勢になっていた。

「学校からも、両親からも、受け取るように強く言われましたが、私は受け取ってません。受け取りませんでした」

さやかの言葉が終わるや否や、江口先生は、ほーっと長く息を吐き、「良かった」と心底ほっとしたように呟いた。

怪訝《けげん》そうなさやかに、江口先生は安堵《あんど》の理由を次のように語った。

河堀夜間中学、正式には河堀中学校夜間学級は、十五歳以上で義務教育を終えていないことが、入学条件になっている。たとえ中身を伴わない形式卒業だったとしても、卒業証書を受け取ってしまえば、中学を卒業したことになる。そうなると、本人がどれほど夜間中学への入学を希望したとしても、叶《かな》えることは出来ない、とのこと。

「毎年、形式卒業者のひとが入学を希望して足を運んでくれはるけれど、お断りするしかなくて、お互い辛《つら》い思いをする……。紙切れ一枚で追い出された生徒をフォローする体制が、今はまだ、この国にはないんよ」

江口先生は言い終えて、両の肩を落とした。

このひとは、私がこれまで出会った中学教師とは違う——そんな気持ちがさやかの胸に芽生え、膨らみ始めた。

先生、私は、と掠れ声が口をついて出る。

「バイト先で履歴書を求められる度に、中学校を出てへんこと、書けなくて……バイト先を転々としてて……。何も考えんと、卒業証書をもらっといた方が楽やったのに、と思うこともあったんです。けど、けど」

さやかは疼きだした肋骨に掌をあてがい、前のめりになって、

「あんな学校の卒業生として、名前が残るのはイヤやった。絶対にイヤやった」

と、声を振り絞った。

俯《うつむ》いて身を震わせるさやかのことを、教師は暫く黙って見守った。そして、激情の波が引いた頃合いに、右手を差し伸べて、テーブル越しにさやかの上腕をぽんぽん、と宥《なだ》めるように軽く叩いてみせた。

形式卒業をしなければこそ、あなたはこの夜間中学で学べる——良かった、との江口の想いの籠《こも》った仕草だった。

「改めて伺います」

江口先生は姿勢を正して、真《ま》っ直《す》ぐにさやかを見つめる。

「潤間さやかさん、本校への入学手続きを取りますか？」

さやかもまた、江口の眼差《まなざ》しをしっかりと受け止めて、両手を膝《ひざ》の上に揃《そろ》える。

これまでは、明日を諦め、人生を手放すように生きて来た。けれど、諦める前に、手放す前に、もう一度、挑んでおきたい——心から思う。

「はい」

声に出して、さやかは深く頷き、

「お願いします」

と、明瞭《めいりよう》に答えた。

その時だった。廊下から、どっと歓呼の声が上がったのだ。

江口は「もう」と苦笑いして立ち上がり、勢いよく引き戸を開けた。途端、六名ほどの男女が団子のように雪崩《なだ》れ込む。

見覚えがある顔がちらほらと交じるが、体育の授業で運動場に居た生徒たちに違いなかった。

「皆、立ち聞きはあきませんよ」

教師に諭されて、ばつが悪そうに笑ったあと、高齢の男性が一歩前へと踏みだした。

「ようこそ、河堀夜間中学へ。いやあ、これで生徒の平均年齢がぐっと下がるで。うちの組なんか、爺《じい》さん婆さんばっかりで」

「親父《おやつ》さん、俺までも一緒にすんなや」

長身で五分刈り頭の青年が横やりを入れる。蕗子は蕗子で、

「遠見さん、あんたは一言、余計やわ」

と、老人を叱《しか》りつけた。

ほかの生徒たちが、さやかに駆け寄り、

「入学は四月からやけど、見学いうことで、すぐに通えるからねえ」

「『補食《ほしょく》』いうてね、給食ほど豪華とは違うけど、虫養《むしやしな》いの時間もあるんよ」

と、親切に色々と教え始める。

ちょっとちょっと、と江口先生が間に割って入った。

「始業チャイムは、とうに鳴りましたよ。皆、ちゃっちゃと教室に戻りなさい」

「おお、鬼の江口の雷が落ちたで！」

へそを両手で隠し、遠見がおどけてみせる。

その遣り取りが可笑《おか》しくて、さやかは思わず笑いだした。

「先生、あんまり怒ったら、皺が増えますで」

「せやせや、蕗子さんみたいに皺くちゃになりますがな」

生徒たちが軽口を叩き、保健室に朗笑が溢れる。

こんな風に声を立てて笑うのは、何年ぶりだろうか。笑いながら、ふと、目の前の皆の姿が潤みだした。あれ、と思うものの、両の目から涙が溢れ、頬《ほお》を伝って流れ落ちる。涙は次から次へと溢れて、抑えが利かない。

いつしか、ひと目も憚《はばか》らず、さやかは泣きじゃくっていた。

歪《ゆが》んだ視界に、皆の温かな笑顔が映る。江口先生も蕗子も遠見も、ほかの皆も、穏やかな眼差しをさやかに向けていた。

帰り道、生まれて初めて、証明写真機を使って写真を撮り、文具店で履歴書の用紙を購入した。

夜、ひとり、机に向かう。

学歴、職歴の欄に、まず小学校の卒業年度を書き入れた。ボールペンを握りなおして、深呼吸をひとつ。

幼い頃、お菓子を作る人や、髪を綺麗に整える人に憧《あこが》れたことがあった。けれど調理師や美容師をはじめ、多くの職種で、中学を卒業していなければ、国家試験の受験資格さえ認められていない。

これまで捨ててきた、たくさんの夢。

取り戻せるだろうか。

取り戻したい。

さやかはゆっくりと一文字、一文字、強い意志を込めて書き綴る。

「二〇〇一年　四月　大阪市立河堀中学校夜間学級（河堀夜間中学）入学予定」と。

翌日、アガサへ行くなり、緒方店長に、

「昨日はお休みを頂き、ありがとうございました」

と、まず礼を伝えた。

徐《おもむろ》に鞄からクリアファイルに挟んだ封書を取り出して、両手で店長へと渡す。

「遅くなって済みません。履歴書を持ってきました」

「ああ、ご苦労さん」

緒方はにこにこと受け取って、早速と開封している。

店長、とさやかは真摯《しんし》な眼差しを雇い主に向けた。

「春から学校に通いますので、夕方までのシフトに変えてもらえますか」

んんん、と緒方は少し思案して、「まあ、ええでしょう」と快諾し、履歴書をがさがさと開いた。

「しかし、学校て、さやかちゃん、一体、何の学校に通う……えっ⁉⁉」

言葉途中で、緒方は絶句する。その目が履歴書に釘付《くぎづ》けになっていた。

「店長、私、再来月で二十歳です」

本当の意味で成人になる。声が震えそうになるのを堪えて、さやかは続ける。

「四月から、河堀中学の夜間中学生です」

言い終えて初めて、さやかは背筋を伸ばし、晴れやかに胸を張ってみせた。

# 第二章　夜の校庭で

二〇〇一年、四月。

河堀中学では、昼間部、夜間部、それぞれに入学式が執り行われる日となった。

桜の開花が関西では例年より少し早かったせいか、校庭に植えられたソメイヨシノも、今を盛りと咲きにおっている。

午前中、大勢の生徒や家族で賑《にぎ》わった講堂も、昼過ぎには静寂を取り戻した。そして、辺りが黄昏《たそがれ》色に染まりだす頃《ころ》、「大阪市立河堀中学校夜間学級　入学式典会場」と書かれた看板を目印に、三々五々、参列者が集まり始めていた。

会場入り口に設けられた受付で、名簿と本人の照合が行われている。教員と思《おぼ》しきひとたちは皆、スーツ姿だった。

受付の手前で立ち止まり、さやかは自身の服装を検《あらた》める。

ジーンズに白いシャツ、紺色のジャケット。入学式にどんな格好をして良いかわからず、迷いに迷った末、手持ちの服の中で小ぎれいそうなものを選んだつもりだった。

やっぱりスーツとか革靴とか、揃《そろ》えた方が良かったんかなぁ、と思いかけて、いやいや、と頭を振る。変に背伸びをしても仕方がない。無理せず、臆《おく》せず、と己に言い聞かせた。

「潤間さやかさん、ですね」

名簿で氏名を確かめると、受付の教員は、

「ご入学、おめでとうございます。こちらを胸に付けて、着席してください」

と、赤いリボン記章をさやかに手渡した。

サテン地に「二年　潤間さやか」と墨書されたものを受け取って、両の掌《てのひら》にそっと包み込む。

入学の実感が、じわじわと込み上げてくる。

「潤間さん」

肩をぽん、と叩《たた》かれ、振り向くと、見知った女性が穏やかな笑みを湛《たた》えていた。

「あっ、江口先生」

「今日はおめでとう。それ、ちょっと付け辛《づら》いのよ。お手伝いしましょう」

江口先生は、記章に手を差し伸べた。

夕映えの桜の下で、夜間中学教員の江口は、新入生のさやかのジャケットの胸元にリボン記章をあてがい、付ける位置を選ぶ。

「あなたの実力やったら、三年生で充分やっていけると思うんやけど、二年生でほんまにええの？」

江口先生に問われて、はい、とさやかは小さく頷《うなず》いた。

「ずっとブランクあったし、いきなり三年生をやる自信なんて……」

生徒の不安を汲《く》んだのか、先生は柔和に頷き、

「担任は私やから、何でも相談してね。様子を見て、学年を移ることも出来るから。さ、これで良し」

と、記章を無事に付け終えて、身体《からだ》を離した。

胸もとを確かめて、さやかは「ありがとうございます」と江口先生に軽く礼をする。

校庭のあちこちで、リボン記章を付けた新入生が家族とともに写真撮影に興じる。夫婦連れあり、大勢の家族に囲まれる者あり。入学を家族で寿《ことほ》げる喜びが、校庭に満ち溢《あふ》れていた。

「そろそろ入ってくださーい」

「式典が始まりますよ」

教員たちが声をかけて回る。

さやかと並んで講堂へと向かいながら、担任は「式には、ご家族は？」と問いかけた。

途端、さやかは自分の頬《ほお》が強張《こわば》るのを感じ取る。

河堀夜間中学に入学することは、ひと月ほど前に、メモに書いてダイニングテーブルに置いておいた。その気になって調べれば、今日が入学式なのは、わかるはずだ。

昨日も今日も、何の反応もなかった。

両親がどう受け止めているかは、わからない。わからないが、恐らくは「続くわけがない」と思っているのだろう。

「来ません」

来るわけがない、という台詞《せりふ》は呑み込んで、さやかは担任に一礼し、式場へと駆けだした。

八年前の進学時には、入学式の式典の前に両親と三人、街の写真館で記念写真を撮った。父も母もその日のために新調したスーツ姿、さやかは真新しい純白のリボンタイが嬉《うれ》しくて、両親に挟まれてカメラにおさまった。思えば、あの時が、家族としての幸せの頂点だったのかも知れない。

二度目の入学式には、たった一人で臨む。

大丈夫、とさやかは己に言い聞かせる。端《はな》から期待などしていない。それに、もう二十歳《はたち》。自分の人生は自分ひとりで切《き》り拓《ひら》いていこう、と。

広々とした講堂には、紅白の祝い幕が張り巡らされ、新入生用のパイプ椅子《いす》が前面に、家族用の椅子は後ろにぎっしりと並べられている。すでに殆《ほとん》どが埋まっている席の空きを見つけて、さやかは着席した。

隣席の女性と目が合う。

アジア系で、浅黒い肌に、黒目がちな瞳《ひとみ》。そのひとは、さやかへ控えめに微笑《ほほえ》んでみせた。さやかも、唇を綻《ほころ》ばせて会釈を返す。

何処《どこ》の国のひとやろか。同い年くらいかなあ、と思いつつ、さやかは周囲を密《ひそ》やかに見回した。

車椅子のひと、白杖《はくじょう》を手にしたひとが居る。高齢者、中年、それに若者も交じる。

「私は戦災孤児で、小学校にもロクに行けんでねぇ」

前の列の老女が、傍らの車椅子の男性に話しかけた。そうですか、と頷いたあと、男性は淡々と打ち明ける。

「わしは『就学猶予』いうヤツでして。どない学校へ行きたい、と訴えたかて、受《う》け容《い》れてもらえんかったんです」

あちこちで「生まれて初めての学校やから、何やもう、胸が一杯で」「私も一緒です」の囁《ささや》きが交わされていた。

「それでは、これより平成十三年度、大阪市立河堀中学校夜間学級の入学式を行います」

マイクを手にした教員が、厳かに開式を宣言した。

潤間《うるま》　さやか
グエン・ティ・スアン
黒板に白いチョークで、新入生の名前が並んで書かれている。

さやかは、式典で隣席だった女性と並んで、緊張した面持ちで黒板の前に立っていた。

河堀夜間中学では式典が終わるや否や授業が始まるため、二年三組の教室では、十五人ほどの生徒がすでに着席していた。皆、新しく加わる仲間を和やかに見ている。

「潤間さんは今日からこのクラスです。グエンさんは一年一組ですが、英語の授業だけ、ここで受講します」

担任の江口がふたりを示しながら、

「殊に、グエンさんは結婚のためにベトナムから日本に来て日ぃも浅いので、言葉も通じず、寂しい思いをしておられます。皆さん、よろしくね」

と、言い添えた。

ベトナムからの新入生は、自分のことが話題になっているようだ、と察したらしく、おどおどと、不安そうにしている。

「宜《よろ》しくお願いします」

さやかが頭を下げるのを見て、彼女もぴょこんとお辞儀を真似《まね》た。

「ようこそ、ようこそ、ふたりとも」

遠見が両の腕を大きく開いて、立ち上がる。

「堅苦しいのはなしや、今日から仲間やで、スアンちゃんも、何も心配せんでええ」

遠見の言葉を皮切りに、皆が、「そうやで」「せやせや」「もう寂しいのはなしや」と口々に言って、歓迎の拍手を送る。

さやかはスアンと顔を見合わせて、ほっとしたように笑みを交わした。決められた席は、教室の一番後ろ、横並びの机だった。

「さあ、ではそろそろ、英語の授業に入りましょう」

パンパン、と手を打ち鳴らして区切りをつけ、江口先生は教室の入り口に控えていた若い男性教員と入れ替わった。

英語の担当らしいその教諭は、教壇に立つなり、わら半紙の束を高々と掲げた。

「新学期最初の授業やから、気合い入れてしっかり頼みますよ。学習プリント、後ろの人に回してください」

さやかは筆箱を開いて、鉛筆と消しゴムを机の上に並べる。何でもない、けれど八年ぶりの行為だった。中一で学んだきりの英語。文法も何もかも忘れてしまっている。

大丈夫だろうか、と不安でならないが、回ってきたプリントを見て、少し驚いた。日常に使う易しい単語や構文がカタカナの読みを添えて記されている。

「ああ、あかん！」

前列の蕗子が、頭を抱えて机に突っ伏した。

「どないもこないも……何で綴《つづ》り間違えてしまうんやろ。もうイヤになる」

「単語ひとつ忘れたくらいで、そないに落ち込まんでも」

先生に慰められても、蕗子は顔を上げない。

「けど、先生。帳面一杯に書いて、それでも覚えられへん。ほんまに情けない」

「あんただけと違うがな」

同年代の同級生が、気落ちした蕗子を慰める。

「齢《とし》いったら、新しいことが浸み込むのには時間がかかるんや。しゃないで」

せやせや、と賛意が教室を埋める。

さやかが何気なく隣りに視線を向ければ、スアンが眉尻《まゆじり》を下げてプリントを見つめていた。

ベトナムの言葉は知らないが、さやかは思わず「どないしたん？　何か困ってる？」と話しかけた。

スアンはプリントの一番上に書かれた「apple」という文字を指して、訴えるようにさやかを見返した。

「あ、もしかして、読み方？　これは、アップル」

アップル、とゆっくり繰り返すと、その口の動きを真似て、スアンも「アップル」と発した。

「オッケー。アップルは、リンゴのことやよ」

プリントの余白に、さやかはリンゴのイラストを描いてみせる。「梨《なし》と違うから」と少し考えて、赤鉛筆でさっと色を塗る。アガサでは、新作ビデオの紹介文に手描《てが》きのイラストを添えることも多く、随分と鍛えられていた。

リンゴのイラストを目にした途端、スアンは大きく目を見開く。

appleがリンゴのことを指す、と理解したのだろう。瞳を輝かせて「アップル、アップル、リンゴ」と晴れやかに繰り返した。

大変やろなぁ、けど、偉いなぁ。

スアンの横顔を見つめて、さやかはつくづくと思った。


夜間中学の授業は、通常は午後五時四十分に始まり、四十分授業が四コマある。

授業科目は国語、英語、数学、理科、社会、音楽、美術、保健体育、技術家庭科、と昼間の中学校と変わらない。ただし、生徒の学力に応じて、内容は理解し易《やす》い、平易なものになっている。

休み時間は五分間と短いが、移動に時間がかかったり、手洗いに行って授業に遅れたとしても、臨機応変に対応してもらえる。

二時間目のあとには、給食の時間が用意されていた。

河堀夜間中学では、牛乳とパン、それにマーガリンなどの簡素な「補食」と呼ばれるものが供される。

「皆、お待ちかねの補食やでぇ」

遠見が牛乳瓶の並んだ籠《かご》を持って、二年三組の教室に入ってきた。

「親父《おやっ》さん、無理したらあかんで。腰、まだ痛いん違うん」

五分刈り頭の青年が、遠見から籠をひょいと取り上げる。

「瓶は重いし、俺《おれ》、配ったるわ」

「よっ、健児《けんじ》！　男前や」

さやかの斜め前の席の初老の男性が、青年を冷やかした。

「新入生の前やからって、無理すんなや」

「何やそれ、むっちゃ感じ悪ぅ。俺、いっつも親切やし」

健児、と呼ばれた青年が不貞腐《ふてくさ》れてみせる。

わいわいと賑やかに机同士をくっつけて、即席のテーブルにしたところに、コッペパンと小袋入りのイチゴジャムが配られた。

「さあ、入った入った」

蕗子が誰《だれ》かの腕を引っ張って、教室に戻った。

「一年の教室を覗《のぞ》いたら、この子がポツンと寂しそうにしてたよって、連れてきた」

蕗子の背後に、スアンが不安そうな表情で控えている。

「蕗子さん、よう気ぃついたなあ」

「スアンちゃん、ここで一緒に食べよな」

仲間たちが片手を器に、片手を箸《はし》に見立てて、ものを食べる仕草をして、スアンを招く。

気持ちはちゃんと通じて、スアンはにこにことさやかの隣りの椅子に座った。

蕗子は鞄《かばん》から巨大な密閉容器を取り出して、

「今日は小籠包《ショーロンポー》を作ってきたんよ」

ほら、と徐《おもむろ》に蓋《ふた》を外す。

生地にひだを取り、上部をきゅっと捻《ひね》った可愛《かわい》らしい小ぶりの肉まんが、容器に行儀よくみっしりと並ぶ。

おおおおっ、と教室に歓声が上がった。

「蕗子さんの小籠包、旨《うま》いんや」

「あの味を知ってしもたら、他《ほか》のが味気ないように思えてねぇ」

口々に褒めそやされ、蕗子は上機嫌で手作りの小籠包を教室の仲間たちへ、端から順に振る舞い始めた。

「スアンちゃん、牛乳瓶の栓、抜いたろな」

手慣れた手つきで、遠見がプラスチックの栓抜きで、瓶の紙蓋を抜いた。

「さやかちゃんも、栓抜き使うか？」

遠見から栓抜きを差し出されて、ええと、とさやかは逡巡《しゅんじゅん》する。

栓を抜いてしまえば、飲まなくてはならない。けれど、牛乳は……。

「もしかして、牛乳、苦手なんか？　アレルギーか何かなん？」

健児に問われて、さやかは涙目になった。

「コーヒー牛乳とかは、大丈夫なんよ。けど、普通の牛乳は、超苦手で……」

へぇえ、と意外そうな声が重なる。

「美味《おい》しいし、栄養になるのに」

「昔は貴重品やったんよ。牛やのうて、山羊《やぎ》のお乳しか飲ませてもらえんかったわ」

皆のお喋《しゃべ》りを聞き、肩身が狭そうなさやかを見て、健児が「大丈夫や、俺が飲める裏技を伝授したるわ」と言って、立ち上がった。

「座ってたらあかん。ちょい、立ってこっちに来てみ。あ、先に蓋、取っときや」

指図に従い、さやかは健児の横に立つ。よしよし、と頷いて、健児は講師よろしく、

「瓶は右手で持つ。左手は腰に当てる。足は肩幅に開く。これが基本のフォームな」

と、手本を示した。

言われた通りに構えたところで、健児からさらに指示が飛んでくる。

「あとは瓶を四十五度に傾けて、中身を味わったりせんと、一気に飲み干す。ほな、行け！」

命じられるまま瓶を傾ければ、イヤでも中身が食道へと流れ込む。味わうも何もない。無我夢

中で飲み込めば、あっという間に瓶は空になった。

紙パックと違って、瓶の方が格段に飲み易い、と気づく。

「の、飲めた……」

さやかの手から空瓶を取り上げ、どや、と健児が拳《こぶし》を振り上げる。教室がどっと沸いた。

「何や罰が当たりそうな飲み方やけど、面白いわ」

「年寄りがやったら、命、縮めるで。ええなぁ、若い者は」

「健児君、あんた、ええネタ持ってたんやなぁ」

手を打ち、腹を抱えて笑う同級生たち。皆の輪の中に居ることが、さやかには奇妙で不思議で、そして何とも居心地が良かった。

昔の自分ならば、おそらく、この情景をもっと冷ややかに眺めていただろう。でも今は、仲間と一緒に笑っていられる。

堪忍、堪忍、と言いながら、蕗子が戻ってきた。

「ここが最後になってしもた。手作りの小籠包、スアンちゃんもさやかちゃんも、食べて」

容器にきっちり一列分残った小籠包を、蕗子はさやかたちに勧めた。

遠慮なく手に取り、口に運ぶ。

もちもちした皮と餡《あん》とのバランスが絶妙で、冷めていても中身がジューシーで美味しい。スアンの口にも合ったのだろう、さやかの方を見て、ぎゅっと目を細めてみせた。

健児と遠見も、満足そうに食べている。

「相変わらず旨いわ。なぁ、親父さん」

「さすが、本場仕込みや」

ふたりの称賛を受けて、蕗子は相好を崩した。

本場仕込み、という遠見の台詞に、さやかは「中華料理屋で働いてはるんかな」と思いかけて、ふと留《とど》まった。

夜間中学の入学条件は、義務教育未修了者。戦禍《せんか》でそうなった者の中には、確か、中国残留孤児、という立場のひとが居る、と聞いていた。日本語に不慣れで、たどたどしい話し方だと「もしかしたら」と思うだろうが、蕗子には当てはまらない。ただ、時々、抑揚が気になることはあった。

果たして蕗子がそうなのか、あるいはどんな経緯で夜間中学に来たのか、本人に尋ねるには躊《ため》躇《ら》いが大きい。ひとの抱える事情に土足で踏み込むことは出来ないし、さやかにしても、根掘り葉掘り聞かれたくはなかった。

「さやかちゃん、喉《のど》、詰まらへんか」

お茶飲み、と誰かが水筒のコップを手渡してくれた。

ありがとう、と礼を言って分けてもらったお茶を飲み、コッペパンをちぎって口に運ぶ。

さやかが通った小学校、そして中学校での給食は、人気メニューが多かった。カレーライス、鶏《とり》の唐揚げ、プリンや杏仁豆腐《あんにんどうふ》が出たこともある。今思えば、贅沢《ぜいたく》で豪華な献立だった。

でも、こんなに美味しくなかった。

こんなに、楽しくはなかった。

まだ入学初日、この先、ずっと平穏なままでは済まないかも知れない。昼の中学校とは随分勝手も違う。

それでも、こうして教室で同級生たちと和やかな時間を過ごせることが、さやかには奇跡のように思われた。

腰痛持ちの気の良い初老の男性は、遠見巌《いわお》さん。具志堅用高《ぐしけんようこう》というボクサーを老けさせた風貌《ふうぼう》で、もしかしたら沖縄の出身か、と推測する。

さやかを夜間中学へと繋《つな》いでくれた恩人は、山西蕗子さん。面倒見がよくて、生徒会の書記を務めていると聞いた。遠見さんより少し年嵩《としかさ》だろうか。

短髪の青年は松峰《まつみね》健児君。さやかより三つ年上で、料理店に住み込んで修業中とのこと。

補食の時間の遣り取りで、まずは三人を覚えた。

次いで、三時間目は理科。電流についての易しい授業内容で、さやかにとっては良い学び直しになった。四時間目の体育が、この日の最後の授業になる。

「体育は運動場やからね、急がなあかんよ」

カーディガンを脱ぎながら、蕗子は早口でさやかに告げた。

見学した時、体操服を着ている生徒は居なかったけれど、と思い、

「あの、蕗子さん、着替えとかは？」

と尋ねる。

「スカートはあかんけど、あとは動き易い恰好なら問題なしや。さやかちゃんはジャケットだけ脱いで、そのままで構へんよ」

親指と人差し指で丸を作ってみせてから、蕗子は「早う、早う」と新入生を急《せ》かした。

校舎を出て、夜の校庭へ。

校庭に立った途端、さやかは何とも不思議な感慨を覚える。

闇《やみ》の奥に繁華街の明かり。数を減らした夜間照明が、暗い校庭を部分的に照らす。そして、鼻をくすぐる、何処か懐かしい香り。

何の匂《にお》いやろか、とさやかは静かに深呼吸をして、胸一杯に空気を貯《た》める。

校庭の砂、夜露を抱く雑草、そして樹々。

そうか、これは夜の匂いだ、とさやかは気づいた。

ピリピリピー、と夜気《やき》を震わせて、笛の音が響く。

「はい、皆、集合！」

体育担当の江口先生が、校舎に近いグランドで、高々と片手を掲げていた。

二年生全クラスの合同授業なのだろう、五十名近い生徒が、江口先生を中心に集まる。体操服を着用している生徒は居らず、楽そうな普段着ばかりだ。

「今日は新学期初めての体育の授業やから、無理のないように、ゆっくりと身体を解《ほぐ》していきましょか」

生徒たちを順に見ながら、江口先生はよく通る声で続ける。

「ほな、まずはラジオ体操から行きますよ」

カセットデッキに手を伸ばしかけた江口に、「先生」と遠見が呼びかける。

「ラジオ体操は飽きましたで。去年教わった東京音頭がええんやけど」

「遠見さんのお気に入りやったねぇ、東京音頭」

江口先生が、ほろりと笑った。

「夏が近づいたら振付の練習をしますよ。ああ、今年は河内《かわち》音頭もやろうと思てます」

教師の提案に、生徒たちは大喜びだ。ただ健児ひとりが「俺はパラパラがええのに」と零《こぼ》している。

皆の遣《や》り取《と》りに、さやかは可笑しくて、可笑しくて、堪らなくなった。

東京音頭に河内音頭、どちらも知らないし、踊ったこともない。体育の授業でそれをやるのか、と想像すると、どうにも笑いが込み上げてくる。

ラジオ体操第一、よーい
耳慣れた号令とピアノの前奏とが、スピーカーから流れてきた。

ラジオ体操なんて、何年ぶりやろう。

指の先までピンと張って、さやかは体を伸ばす。

先生の背後に学《まな》び舎《や》。何人かが、校舎の窓からこちらを眺めている。教室の灯《ひ》が、そこに居る人を影絵のように浮き上がらせていた。

腕を振って、足を曲げ伸ばす運動から、腕を回す運動へ。

気持ちいい。何て気持ちいいんやろか。

この感じ、何かがちょっとずつ、目を覚ましていくみたいな……。

身体を回す運動の時に、校舎の窓が目に入った。まだふたり分のシルエットが寄り添い、窓辺に佇《たたず》んでいる。

ラジオ体操を眺めても、さして面白くはないだろうに。飽きないのだろうか——ちらりと思ったものの、気に留める余裕もなかった。

終盤、両脚で跳ぶ運動に入った。音楽に合わせてリズミカルに、上下に跳ぶ。

楽しい。

楽しい、楽しい!!

身体中の細胞が叫んでいる。

今までさやかを縛っていた、憎しみや嫌悪、挫折感《ざせつかん》や絶望などの鎖が千切れて、闇の中へと散らばっていくようだ。

「く、苦じい……」

「あかん、限界や」

高齢の生徒たちの荒い息遣いが、夜の校庭に浸み込む。

腕を振り、足を曲げ伸ばす運動で、ゆっくりと心拍を戻して、最後は深呼吸。

「ひゃ〜〜、バテたぁ」

全《すべ》てが終わった時、さやかは大の字になって、運動場に横たわった。

「もうダメや、立たれへん」

砂の寝床はひんやりと冷たく、とても気持ちが良い。目を閉じていると、全身にかいた汗が引いていくのがわかった。

寝そべったままの新入生を、同級生たちが取り囲む。

「さやかちゃん、張り切り過ぎやわ」

「何ぼラジオ体操やぁ言うたかて、舐《な》めたらあかんで」

さやかの傍《そば》に誰かが屈《かが》み込んで、「潤間さん」と呼んでいる。「大丈夫?」と問いかけるのは、江口先生の声だった。

答えようとして、ぱっと両の瞳を見開いた時だ。遮るものが何もない、夜空が飛び込んできた。

「うわあああ」

突然発された大声に、同級生や担任が、何事か、と驚き、「何や?」「どないした」「UFOか?」と新入生を真似て、空を振り仰いだ。

さやかは両の腕を夜空に向かって差し伸べ、つくづくと言った。

「星が、綺麗《きれい》」

何じゃそりゃ、と健児がこけそうになっている。

誰かが柔らかに笑い、誰かが続いた。

「わしも、同じやったわ」

「私も……。夜間中学で初めて授業を受けた帰り道、空を見上げて、同じことを思った」

せやった、せやった、と相槌《あいづち》が重なる。

さやかは半身を起こして、後ろ手に身体を支え、星空を仰ぐ。

天体に詳しくないから、星座の名も星の名もわからない。けれど、地上の光源に負けまい、と懸命に輝く星々の、何と美しいことだろう。

「わしの故郷の宮古島《みやこじま》は、夜になると星が降ってきそうなほどやった。こっちの空は、星の数も少ないし、光も弱いけんど」

腰に両手をあてて背を反らし、「それでも」と、遠見が続ける。

「それでも、小さい星が、あないに健気に光ってる」

ほんまやねぇ、と江口先生が深く頷いた。

「私も毎晩、生徒さんたちと一緒にこうして体操をしているけれど、改めて見ると、星がほんまに綺麗やわ」

江口先生は言って、何かメロディーのようなものを口ずさんだ。

何の曲なのか、さやかにはわからない。だが、懐かしい、との声があちこちで洩《も》れた。

「先生、何ですか、それ」

臆することなく、健児が担任に尋ねる。

「『見上げてごらん夜の星を』という歌なんよ。四十年近く前に、随分と流行《はや》ってたねぇ。坂本九《さかもときゅう》ちゃんが定時制高校生の役を演じた映画の中で、歌ってたのを覚えてるわ」

今でも、これを校歌のように口ずさむ夜間中学生は全国に沢山いるだろう、と江口は語った。

見上げてごらん、夜の星を、と誰かが声低く歌い始め、誰かが唱和する。歌声は次々に重なり、夜の校庭に広がっていく。

見上げてごらん　夜の星を
小さな星の　小さな光が
ささやかな幸せを　歌ってる
見上げてごらん　夜の星を
ぼくらのように　名もない星が
ささやかな幸せを　祈ってる

初めて聞く歌、初めて耳にする歌詞が、さやかの胸に染み渡る。

小さな星が懸命に瞬《またた》く、その空の下に、さやかの学び舎はある。

ここが私の学校。

たとえ同い年のひとたちと学び方が違っていたとしても、構わない。この場所で懸命に輝き、自分の人生を生きて行こう。

新入生の決意を見守るように、天上の星々は煌《きら》めき続けていた。

「あ、あんなところに……」

無事に初日を終え、蕗子や遠見、健児たち四人で校門を出て、少し歩いたところで、さやかの足が止まる。

路地の先、街路灯に照らされて、小さな祠《ほこら》が在《あ》った。夜間中学生と思しきひとたちが、身を屈め、手を合わせて、立ち去っていく。

ああ、あれは、と蕗子が目を細める。

「お地蔵《じぞう》さんが居てはる祠やよ」

地域のひとたちが、いつも綺麗に掃除をして、護《まも》っているのだという。

何度も傍を通りながら、気づかずにいたさやかだった。

「行き帰りに手ぇ合わせる生徒や先生が多うてねぇ。私らは横着やさかい、いっつも通りしなに、こないして挨拶《あいさつ》するだけやねんけど」

蕗子は自転車のハンドルを握ったまま、ぴょこんと頭を下げてみせる。遠見もまた、ひょいと辞儀をしていた。

「そういうの、俺は、あんまし信じてへんねんけどな」

健児が苦く笑って、「でもまあ、皆につられて何となく」と、祠に会釈を送る。

もう何年も、何かに手を合わせたり、願い事をしたりした覚えが、さやかにはなかった。

でも、とさやかは立ち止まり、地蔵尊に向かって、両の掌を重ねる。

初めまして、今日からどうぞ宜しく、と。

短い坂道を上ると、大通りに出る。路線バスのルートにもなっているのだろう、結構な交通量だった。

「さやかちゃん、疲れたやろ」

自転車を押しながら、蕗子はさやかを労《ねぎら》う。

「慣れへん上に、式に続いての授業やったからなぁ。今夜はゆっくり休みなさいよ」

ほな、お先、と蕗子はサドルに跨《また》がると、軽やかに漕《こ》ぎ去った。

「蕗子さんは相変わらずパワフルやなぁ。あ、俺、こっちやから」

健児が言い、

「さやかちゃん、わし、これから仕事やねん」

遠見もそう断って、足早に去った。

さやかはひとり、満ち足りた気持ちで駅へと向かう。

通勤帰りの会社員、デートに向かう男女、夜遊び中の学生等々、平日の夜九時を回っても、繁華街は猥雑《わいざつ》な雰囲気を纏《まと》い続けていた。

あ……。

雑踏の中に、一組の男女の後ろ姿を認めて、さやかの足が止まる。

黒白半ばの短髪に、ダークブラウンの背広を纏った、がっちりした背中。その傍らには、まとめた髪をバレッタで止めて、シルバーグレーのジャケットを着こんだきゃしゃな背中。

背格好にも、着ているものにも、見覚えがあるような……。

けれど、まさか。まさか……。

自分の両親にそっくりな後ろ姿は、しかし、人の波に紛れて、あっという間に見えなくなった。

横断歩道の信号が赤に変わり、雑踏が道路に隔てられる。さやかは両の肩を上げて、静かに息を吸い、そして吐き出した。

目を転じれば、夥《おびただ》しい電飾で彩られた夜空。小さな星々が「ここに居る」「ここに居る」と訴えかけている。

妙な期待はするまい。

誰にどう思われるか、そんなことに囚《とら》われている暇は、もうない。

よし、と腹を据えて、さやかは青信号に変わった横断歩道へと、大きく足を踏みだす。

娘の決意を見届けて、北東の空、高々と北斗七星がのぼっていく。

# 第二章　あおぞら

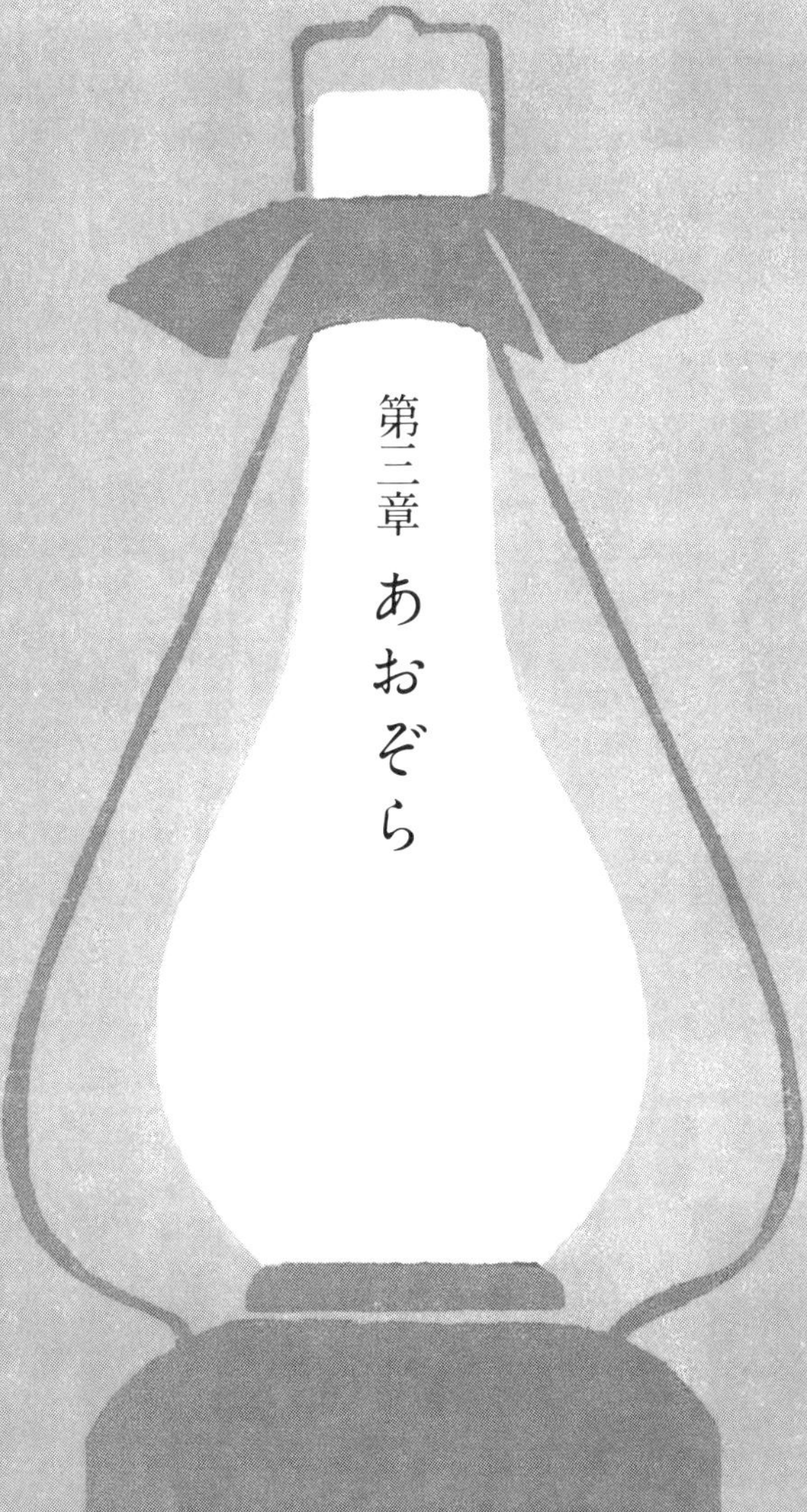

はがきサイズの画用紙に、可愛《かわい》らしい少女のイラスト。

髪はソバージュで、寂しそうに空を見上げている。足もとにはプラタナスの落ち葉。

レンタルビデオショップ「アガサ」の今月のお勧めは、「エイミー」というオーストラリア映画だ。カバー写真を参考に、さやかはペンを走らせた。青と白の色鉛筆を交互に持ち替えて、少女の服やタイツに着色していく。

「上手《うま》いもんや。ほんま、感心する」

さやかの手もとを覗《のぞ》き込んで、店長の緒方が嘆息した。

「こないして、さやかちゃんが手描《てが》きで『アガサのお勧め作品』いうカードを付けてくれるんが、お客さんにもえらい評判で」

イラストが可愛いから目に留まり易《やす》いし、短いコメントで作品の内容がよくわかる。殊に新作などは、レンタル料が少し割高なのにもかかわらず、借りていくお客が多い。

「これ、大好きな作品なんです。アガサのお客さんたちにも観《み》てほしいから」

イラストの色づけを終えると、太いペンで「悲しみを乗り越える、歌で」というコメントを書き添える。

「おおきに、さやかちゃん。今回も素晴らしい出来やわ」

受け取ったカードを、店長はしげしげと眺めている。

「さやかちゃん、漫画やイラストの道でも食べていけるんと違うか」

「まさか」

子どもの頃《ころ》、アラレちゃんやセーラームーンを夢中で見たけれど、周りに自分よりももっと絵の上手い子が沢山いた。創作の世界で食べていけるだけの才能も根性も、持ち合わせていない。

さやかの返事に、「ドライやなあ、さやかちゃんは」と、緒方は頭を振った。

「僕が学生の頃には、『ハイスクールぶるうす』って学園漫画があって、週刊誌に連載されてたんやけど、もう夢中になって読んでたわ。実は、ちょっとだけ『漫画家もええなあ』と憧《あこが》れて、目指したこともあったんや」

何遍か投稿したものの、箸《はし》にも棒にも引っ掛からなかった、と緒方店長は少し顔を赤らめて打ち明けた。

店長の意外な過去を聞いたあと、さやかは新作の棚の作品を入れ替える作業に取りかかる。

二年ほど前に劇場公開された「エイミー」は、歌手だった父親を事故で亡くした少女の再生の物語だった。

イラストよりも、推薦コメントを考える方が遥《はる》かに難しい。

考えに考えて「悲しみを乗り越える、歌で」という文章に決めたのだが、それが誰《だれ》かの心に届くのかどうか、あまり自信がなかった。

文章を考え、書き綴《つづ》る作業は難解で、時に息苦しささえ感じてしまう。短い文章の一文字、一文字を指で押さえていると、妙な気持ちになった。文字が集まって意味を作る。当たり前のことが、時折、ふっと不安になるのだ。

中学一年の二学期半ば。肋骨骨折《ろっこつこっせつ》で、ひと月ほどの入院を経て、登校した日のことだ。まだ本調子ではないから、と気遣う親の同行を拒んで、さやかはひとり、校門を潜《くぐ》った。逃げたくなる気持ちを封じ、やっとの思いで校舎に足を踏み入れる。

苛《いじ》めの事実を伏せたのは、他でもない、さやか自身だ。両親に心配をかけたくない、との気持ちが強かった。何より、認めてしまえば自分が消えてしまいそうで、恐《こわ》くもあった。

大怪我《おおけが》は事故として処理され、さやかに暴力を振るった者や、苛めに加担した生徒たちは、誰ひとりとして咎《とが》められていない。だから、逆恨みをされることもないし、ヤツらにしても、もう充分に気が済んだだろう、と思い込もうとしていた。これからは構われることのない、静かな日々が戻ってくるだろう。大丈夫、大丈夫だから、と自身に言い聞かせて。

だが、その朝、下駄箱《げたばこ》の蓋《ふた》を開けると、内側に「シネ」と書いてあった。

最初は意味が分からなかったが、それが「死ね」という命令形であることに気づいた時、さやかの中で何かが壊れてしまった。あれほどの目に遭《あ》わされて、その上に死まで求められるのか、と。

「さやかちゃん」

店長に呼ばれて、さやかは我に返る。

レジに居た店長が、壁の時計を指して、

「そろそろ上がってええよ。今日は掃除当番とか言ってたし、早めに行った方がええでしょう」

と、鷹揚《おうよう》に命じた。


バケツに張った水で、汚れた雑巾《ぞうきん》を濯《すす》ぐ。鉄棒を握るように横に持ち、雑巾を力一杯に搾《しぼ》り上げていると、

「ああ、もう見てられへん」

と、大きな声が上がった。

二年三組の教室の床を、丁寧にモップがけしていた健児が、イライラとさやかを見ている。

「お前、雑巾の絞り方、誰かに教わったことないんか。ちょっと貸してみぃや」

モップを放《ほう》り出して、健児はさやかから雑巾を取り上げた。

「ええか、雑巾はこう持って、こう絞る」

木刀を握るように縦に雑巾を持って内側に絞れば、かなりの量の水がバケツへと落ちた。

ほう、とさやかは感嘆の声を洩《も》らす。

「勉強になる……けど、健児君って、ひょっとして家事オタクか何かなん？」

「誰がや。料理屋で、毎日やってるだけのことやわ。それより、始業チャイムが鳴るまでに、掃除済まさんと。ほれ、汚れた水、替えに行くで」

バケツ持ってついて来い、と健児はモップと専用のバケツをひょいと持ち上げて、さやかを促した。

住み込みで掃除や洗濯など全《すべ》てをこなしているから、よく気が付いて動きも速いのか。さやかは感心しつつ、洗い場へと急いだ。

古いがよく磨かれたカランを捻《ひね》り、勢いよく水を出して、バケツに溜《た》めていく。

渡り廊下を、介助者が車椅子《くるまいす》を押してくるのが見えた。

「こんにちは」

車椅子の老女が、健児とさやかに声をかける。同じクラスの生徒だった。

「あ、正子《チョンジャ》ハルモニ」

ハルモニとは「おばあさん」という意味の韓国語だった。八十路《やそじ》前の彼女は、級友たちから親しみを込めてそう呼ばれている。

健児は「ゴメン、ゴメン」と片手で拝んでみせた。

「掃除、まだやねん。もうちょいで終わるんやけど」

「私、ダッシュで机を拭《ふ》いてくる」

駆けだそうとするさやかに、正子は、「ええから、ええから」と頭を振った。

「先にトイレに行ってるから、慌てないで構わへんよ」

介助者に合図を送り、正子は渡り廊下の奥の校舎へと向かっていった。

その姿が新校舎のエレベーターホールに消えたあと、さやかは健児に問いかける。

「いっつも思うんやけど、何で、昼の生徒の使うあっちの校舎にしか、エレベーターや障がい者用のトイレがないんかなあ」

どちらも、高齢者の多い夜間中学にこそ、必要な設備に違いないのに。

さやかの不服に「しゃあない」と健児はそっけなく応じる。

「エアコンに図書室、視聴覚室、ほか色々。あっちにあって、こっちにないもんを数え上げたらキリがないやろ」

水を満々と張った二種のバケツを両手に提げて、「行くで」と先に立って歩きだした。

残されたモップを手に、さやかは健児のあとを追う。

古い校舎、不便な校舎に慣れているからか、同級生たちは特に不服を口にしない。

しゃあないのかなぁ、そうなんかなぁ。

釈然としないものの、あることに思い至って、さやかはにやりと笑った。

「健児君、こっちにあって、あっちにないもんも、あるやん」

「ええ？」

健児が立ち止まり、眉根《まゆね》を寄せている。

「こっちにあって、あっちにないもん……そんなん、あるか？」

思いつかへん、と考え込む級友に、さやかは、晴れやかに、

「あ・ま・も・り」

と、答えた。

雨降りの日に、廊下や教室に置かれるバケツは、こちらの校舎の名物だったのだ。

学《まな》び舎《や》に、健児の爆笑と始業チャイムとが、重なって響き渡った。


「うちの学校、正式には『河堀中学校夜間学級』って言うやんね。頭ではわかってるんやけど、何か馴染《なじ》めないっていうか……」

美術の授業中、向かい合って互いをスケッチしながら、さやかが遠見に話しかける。

夜間中学に入学して三か月近く、学校生活にも漸《ようや》く慣れて、色々なことに目を向けられるようになった。仲間たちへの理解も、徐々に深まりつつある。

親しくしている蕗子が、中国残留孤児だったということ。生徒の中には、蕗子と同じ境遇の者や、その家族として日本に移り住んだ者が、ほかにも大勢いること。正子ハルモニのような在日韓国朝鮮人のひとたちも、河堀夜間中学には数多く在籍すること。それぞれが、夜間中学に辿《たど》り着くまでに、大変な苦労を重ねていることも、慮《おもんぱか》れるようになった。

ただひとつ、納得のいかないことがある。

この学校には、一年から三年まで全部で十二のクラスがあって、四百人近くが在籍している。それを全部ひっくるめて「学級」と呼ぶことに、さやかには妙な違和感があった。

うむ、と遠見が深く頷《うなず》く。

「『河堀夜間中学』、略して『河堀夜中』でええと思うで。そっちの方がしっくりくるし」

あら、と生徒の間を見回っていた美術の教師が、さやかのスケッチを見て立ち止まった。

「よく描けてるわ。遠見さんの特徴を上手く捉えてる」

どれどれ、と周囲の同級生たちも、さやかのスケッチを覗き込み、「上手いもんや」「よう似てるわ」と口々に褒めそやす。

突然、健児が腹を抱えて笑いだした。

「これ見てみ、親父《おやつ》さんの描いたスケッチ」

遠見の手から画用紙を取り上げて、健児はさやかに示した。

怪獣か、はたまた妖怪《ようかい》か。

目らしきもの、鼻らしきもの、口らしきものがバラバラに散らばり、もはや抽象画の域だった。

壮絶なイラストに、さやかは「これ、私か？　私なんか？」と自問して、絶句するしかない。

「わしのこと、『東洋のピカソ』て呼んでくれてもええで」

まんざらでもない口調で、遠見は胸を張っている。


美術の後は、皆が楽しみにしている補食の時間だった。いつものように、机同士を寄せ合い、慎ましい食事を楽しむ。

「さやかちゃん、ええ加減に機嫌なおしてぇな」

ほれ、牛乳やるさかいに、と遠見から牛乳を差し出されるが、さやかはへそを曲げたままだ。

「スアンちゃん、遅いねぇ」

密閉容器を抱えて、蕗子が教室の出入り口を気にしている。

さやかと一緒に入学したグエン・ティ・スアンは、普段は一年一組で学ぶが、英語と補食の時間はこの二年三組で過ごしていた。

「スアンちゃんの好物の海老《えび》入り小籠包《ショーロンポー》、今日は仰山《ぎょうさん》、作ってきたんよ。早う食べさせてあげたいんやけど」

ずらした蓋から、小ぶりの小籠包が覗いている。

「あ、私、呼んでくるね」

さやかは言って、席を立った。

河堀夜間中学では、定期的に全校集会があるし、同じ学年なら合同授業もある。けれど、学年が違うと、教室を覗くことも授業風景を見ることも殆《ほとん》どない。さやかにとっても、一年一組の教室を訪ねるのは、初めてだった。

三階の一番奥の教室。

廊下の窓から覗くと、まだ授業の最中だった。国語の担任だろう、黒板にチョークで文字を書いている。一年一組は識字《しきじ》クラス、即ち、日本語を読めること、書けることを可能にするためのカリキュラムが組まれている、と聞いていた。

スアンの他《ほか》に、ニューカマーと思われる生徒が数人。しかし、圧倒的に多いのが白髪交じりの年配者たちだった。

「『あ』『お』『ぞ』『ら』。これで『あおぞら』と読みます。はい、一文字ずつ、声に出して読んでみましょう」

「あ・お・ぞ・ら」

教師に言われて、生徒たちが声を揃《そろ》える。

「『あ』いう字ぃは、ほんまに難しいねぇ、先生」

「『お』かて、たいがいやわ」

「『ら』なんか、釣り針にしか見えんがな」

高齢の生徒たちが口々に訴えている。

えっ、とさやかは固唾《かたず》を呑《の》み込む。強烈な違和感があった。

「そうですね、五十音の中でも、『あ』は手強いです」

教師はプリントを配りながら、けれど、と慰める口調で続ける。

「『あべの』『あびこ』『あしはら』『あじがわ』等々、皆さんに馴染《なじみ》のある地名にも使われてますからね。しっかり覚えておきましょう」

点と点をつなげば、「あ」という字になるよう工夫されたプリントなのだろう。生徒たちは背中を丸め、鉛筆の芯《しん》を舐《な》め舐め、懸命に書き取りを始めた。

「平仮名さえ、こないに難しいんやで。漢字を読んだり書いたり出来るようになるんは、一体、何時《いつ》のことやろか」

「寿命があるんかねぇ」

あちこちで、切ない嘆きが洩れ聞こえた。

何で？　どうして？

スアンのようなニューカマーならともかく、普通の大阪のおっちゃん、おばちゃんが、何で今更、「あおぞら」なん？

ほんまに字ぃ、読まれへんの？　書かれへんの？　ほんまに？

違和感の正体は、そんな疑問だった。

「潤間さん」

背後から呼ばれて、肩をぽん、と叩《たた》かれた。驚いて振り向くと、担任の江口が立っていた。

「識字クラスの授業を見るのは、初めて？」

問われて、さやかは深く頷く。そして江口先生に、教室の窓際に座る老女をそっと指し示した。八十路近い女性が、一心不乱にプリントの「あ」という文字をなぞっている。

「あのひと……あの生徒さんは、私の祖母と同い年くらいやと思います。けど、字が読めへんて……書けへんて……」

あとは言葉にならず、言《い》い淀《よど》む。

戦争や貧困や病などで学校に行けなかった――そういう事情は見聞きして、充分に知っているつもりだった。

けれど、まさか……。

声を失し、棒立ちになるさやかに、教諭は、

「これが、現実なんよ」

と、平らかに告げた。

教室では、生徒たちが各々、プリントと格闘している。その授業風景に目を向けたまま、江口先生は声を落として、こう続ける。

「文字を読めない、書けない——そのことが、あのひとたちに、どれほどの過酷な人生を強いたのか。考えてみてね」

あ・お・ぞ・ら

あ・お・ぞ・ら

再び、音読の声が廊下まで流れてきた。

「すべて国民は、法律の定めるところにより、その能力に応じて、ひとしく教育を受ける権利を有する。憲法二十六条では、このように」

社会科の教科書を、担当教師の田宮《たみや》がゆっくりと読み上げている。

二年三組の生徒たちは、教科書を目で追い、時々は小さな声で唱和しつつ、「教育を受ける権利」について学んでいく。

あ・お・ぞ・ら

耳の奥には、先刻の識字クラスの生徒たちの声がこびりついて、消えることがない。さやかは教科書から視線を外し、そっと周囲を見回した。

中国残留孤児だった蕗子、在日の正子ハルモニ、ほかにも戦禍《せんか》や貧しさのため、学齢期に学校に行けなかったひとたち。

今、当たり前のように机を並べているけれど、皆、識字から……あそこからスタートしたのだろうか。

国語、英語、数学、社会、理科。

中学で学ぶ五教科全てを、識字から始めて身に付けようとするなら、どれほどの根気と努力が要ることか。

それでも学びたい、と思うのは何故《なぜ》だろう。その熱意は何処《どこ》から生まれるのか。考えても、考えても、さやかにはわからなかった。


「先生、今日もありがとうございました」

「はい、お疲れさま。気を付けて帰ってくださいね」

午後九時過ぎ、無事に授業を終え、夜間中学の生徒たちは、疲れながらも晴れやかな顔つきで校門を出ていく。

そのまま夜勤の仕事に向かう者も居れば、家路につく者も居る。さやかは、遠見と正子ハルモニ、車椅子の介助者とで駅へと向かっていた。

「そうか、江口先生とそないな話をなぁ」

吐息交じりに、遠見は呟く。

何処となく元気のないさやかを気遣い、遠見から何かあったか、と問われた。思い切ってスアンを迎えにいった先で見た光景、江口先生との遣り取《やと》りを打ち明けたさやかであった。

「わしも正子ハルモニも、識字から始めたよって、そらぁ、大変やった。最初に教わったんが『つ』『く』『し』やったから、まだ何とかなった。けんど、あれが『あ』やったら、とうにくじけてるやろ」

なぁ、正子ハルモニ、と同意を求めて、遠見は切なげに瞬《まばた》きをした。

「中国残留孤児やった蕗子さんは、それでも十歳までは日本語の教育を受けてはったよって、進級も早かったけど、わしは……」

ゼロから始めてここまで来るのに六年かかった、と苦しげに遠見は話す。

「私は七年。七年かかったんよ」

柔らかに、正子ハルモニが口を開いた。

「それでも奇跡に近い、と思える。何せ、読むことも書くことも、どっちも全く敵《かな》わなかったんやからねぇ」

正子ハルモニの言葉に、車椅子を押していた介助者が深く頷いていた。

飲食店、ドラッグストア、金融業、コンビニエンスストア、等々。駅周辺の繁華街には、電飾で縁取られた看板が林立《りんりつ》し、文字が洪水のように押し寄せる。

「こんなに文字が氾濫《はんらん》してるのに……」

読めなかったら。

書けなかったら。

そんなん、想像も出来へん、という台詞《せりふ》を、さやかはぐっと呑み込んだ。

皆の歩みが自然に、遅くなる。

ポケットに、と遠見が自分の上着のポケットに手を入れてみせた。

「ポケットに、いっつも包帯を入れてたんや」

「包帯を？　何で？」

さやかに問われて、遠見は気弱な笑みを浮かべる。

「仕事場でも役場でも何処でも、何かを『書け』と言われそうになると、手ぇに怪我した振りして、誰ぞに代わりに書いてもらうためやがな」

遠見がポケットから手を出した。その掌《てのひら》に、丸められた包帯が見えるようだった。

私は、と正子ハルモニが声を低める。

「私は眼鏡《めがね》やった。よう眼鏡を忘れた振りをしたんよ。代わりに読んでもらうためにねぇ」

――これが、現実なんよ
江口先生の言葉が、その表情が脳裡《のうり》にありありと蘇《よみがえ》る。

――文字を読めない、書けない。そのことが、あのひとたちに、どれほどの過酷な人生を強いたのか
もしも、字が読めへんかったら……

書けへんかったら……

それが私やったら……

足もとが、大きくぐらりと崩れるような錯覚に襲われて、さやかは両の足を踏ん張った。そう

しなければ、立ってはいられなかった。

駅の改札前で遠見と別れ、車椅子の正子ハルモニと介助者と一緒に、プラットホームに向かう。

さやかは押し黙ったままだった。

何か用事を思い出したのだろう、介助者がホーム端の公衆電話を指して、

「ちょっと電話をかけてきます。少しだけ待っててもらえますか」

と断ってから、車椅子を離れた。

ラッシュアワーを過ぎたホームは静かで、次の電車を待つひとも、まばらだった。さやかは車椅子のハンドルに手を添えて、正子の隣りに立っていた。

駅名標、路線図、駅構内図、「終日禁煙」を始めとする標識、行先案内、等々。駅のホームには、大切な情報を記した表示が一杯あった。

もしも、一文字も読めないとしたら……。

蒸し暑い夜のはずが、背筋がぞくぞくと寒く、さやかは身震いをした。

さやかちゃん、と正子ハルモニは傍らのさやかを見上げる。

「朝鮮から無理やり日本に連れて来られた時、私は十二歳やったんよ」

母国語のハングルの読み書きさえ、充分に出来なかった。

女工から始めて、働きに働いてねぇ、と正子ハルモニは自身の手に視線を落とす。変形した指の関節、節が高く、長年の苦労が刻まれた手だった。

さやかは相手の目の高さよりも低くなるよう、車椅子の傍らに腰を落とした。

正子ハルモニは、淡々と続ける。

「読み書きを覚えたくても、『お前に字ぃなんぞ要らん。働け』と。皆、そない言うてねぇ。一遍も学校へ行かせてもらわれへんかった」

戦争が終わって、縁あって結婚し、家族にも恵まれた。

「字ぃを知らんでも、生きてはいける。けどねぇ、子どもの通信簿もよう読んでやれんかったんよ。娘の不思議そうな、悲しそうな顔は、何十年経《た》ったかて、忘れられへん」

当時を思い出すのか、老女の声が湿りけを帯びていた。

「文字を知らんから、何遍も騙《だま》されて。家も財産も全部、持っていかれたこともあったわ」

今なら相談する窓口もあるだろうが、当時は泣き寝入りするほかなかったのだという。

「そんな……ひどい……」

かける言葉も見つからず、さやかは声を失するよりなかった。

友の受けた理不尽を我が身に置き換え、俯《うつむ》くばかりのさやかに、正子ハルモニはそっと手を差し伸べる。

「せやけどねぇ、さやかちゃん」

友の皺《しわ》だらけの手が、さやかの手をそっと摑《つか》んだ。

「夜間中学で手に入れた文字は、もう誰も私から奪うことはでけへんの」

正子ハルモニの一言に、さやかは不意を突かれる。

ホームに、電車が到着する合図の音楽が流れて来た。

「お待たせして済みません」

詫《わ》びながら、介助者が車椅子に駆け寄る。

「ほな、さやかちゃん、お休み。また明日、学校でね」

掌にぐっと力を込めてから、正子ハルモニは、さやかの手を放した。

介助者と車椅子の同級生が乗車した電車が、ホームを滑り出る。遠ざかって闇《やみ》に紛れたあとも、さやかはホームに佇《たたず》んでいた。

友の温《ぬく》もりが、握る手に込められた力が、まださやかの掌に残る。

学校はおろか、文字さえも与えられなかった正子ハルモニ。

何もかも与えられながら、それを当然としか思わなかった自分。

——夜間中学で手に入れた文字は、もう誰も私から奪うことはでけへんの
あ・お・ぞ・ら
正子ハルモニの言葉に、識字クラスの授業風景が重なる。

ああ、とさやかは思う。

ああ、そうか、と。

『学び』とは、誰にも奪われないものを自分の中に蓄える、ということなのか。

誰のためでもない、自分のために。

自分の人生のために。

「強いなぁ、強いわ、ほんまに」

思わず、声に出していた。

それに比べて、自分は何と「あかんたれ」なんやろか。

血を吐く思いで自身の中に蓄えたものなど、何一つないように思う。全て、当然のものとして受け取ってきた。

強くありたい。強くなりたい。

正子ハルモニの感触が宿る掌を、さやかはぐっと拳《こぶし》に握りしめていた。

枝分かれした先に、瑞々《みずみず》しい緑の笹葉《ささば》が生い茂り、風にそよいでさらさらと優しい葉鳴りを響かせている。

「明々後日《しあさって》は、もう七夕やねんなぁ」

「懐かしい。子どもが小さい頃は、よう飾りつけしたわ」

登校してきた生徒たちが、夜間中学の廊下の柱に括《くく》り付けられた笹竹を、嬉《うれ》しそうに見上げていた。

「皆さん、この箱に短冊用の色紙《いろがみ》と筆記具が入っています。今、ここで願い事を書いてもええですし、持ち帰って書いてきてもらっても構いません」

いつもは保健室に詰めている養護教諭の鈴木《すずき》が、紙箱を高々と掲げる。

中に、細字用の油性マジックや鉛筆、紐《ひも》のついた色紙の短冊が沢山、入っていた。

「書き上げたら、こんな風に吊《つ》るしておきましょう」

手本宜《よろ》しく、「健康第一」と書かれたオレンジ色の短冊を、鈴木先生は笹竹に結び付けた。

「どんな願い事でも、ええんかいな」

「けど、皆に見られるし、変なこと書いたら、恥ずかしいで」

生徒たちはわいわいと賑《にぎ》やかに、短冊に手を伸ばす。

七夕の習慣を知らないニューカマーたちには、教師や仲間たちが身振り手振りで、願い事を書くよう教えていた。

二年三組でも、休み時間を利用して、教室に持ち込んだ短冊を前に、あれこれと思い悩む生徒が多い。

「学業成就とか、どやろか」

「家内安全も、捨《す》て難《がた》いなぁ」

「私はやっぱり『平和』で行くわ。それがこの世で一番大事やさかい」

ああでもない、こうでもない、と額を寄せ合い、相談している。

「贅沢《ぜいたく》な悩みやねぇ、知ってる文字が少ない時は、こないに悩まへんかったし」

誰かが言い、

「ほんまに、せやわ」

と、誰かが答える。

先刻から帳面に何かを書いては消し、書いては消ししていた遠見が、「よし」と勇んで両の脇《わき》を引き締めた。短冊に書く願い事が決まったのだろう。

遠見の手もとをひょいと覗いて、健児が、

「親父さん、それ、止《や》めといた方がええで」

と、懸命に笑いを堪《こら》える。

「何でや、健児」

心外だという体《てい》で、遠見が、

「わしの一生の夢は、この二つなんや。これ以上の幸せがあるかいや」

と、言いきった。

好奇心に駆られて、さやかは斜め後ろからそっと、遠見の帳面を覗き込む。

そこには「万馬券」と「三連単」と書かれていた。

「皆、もう休み時間はとうに終わってますで」

社会科の授業を開始するべく、田宮先生が教壇で声を張る。

「短冊は家に持ち帰って、何を書くか、ゆっくり悩んで決めてくださいね」

先生、と生徒の一人が挙手をした。

「もし、田宮先生も短冊に願い事を書かはるとしたら、何て書かはりますか？」

「ええ？」

思いがけない質問だったのだろう、教師は戸惑い、それでも「そうやなぁ」と考える。

「娘が『おめでた』でね。来年には初孫に会える予定なんですよ。せやから『母子とも無事に』が、一番の願い事やろか」

ああ、と生徒たちの顔が綻《ほころ》ぶ。

「先生、それは幸せなことやわ」

「やっぱし、家族の幸せが一番やねぇ」

皆に祝福されて、田宮先生は照れ臭そうに頭を掻《か》いたあと、「さあ、では教科書を開いて」と、生徒たちを促した。


外灯を頼りに、布製のショルダーバッグを開く。

教科書やノート、筆箱や硬質クリアホルダーなどをかき分けて、底にあったキーホルダーを取り出した。

解錠して、玄関扉を開ける。

廊下の明かりもダイニングの照明もついているけれど、一階にひとの気配がない。

スリッパに履き替えて、ダイニングを覗く。テーブルには、父の晩酌用の膳《ぜん》が用意されており、母親がソファで転寝《うたたね》をしていた。

無防備に、口を開いて眠っている。

こんな寝顔、してたんや。

さやかはその傍らに立ち、母親の顔をじっと眺める。もう何年も、母の寝顔を見ていなかった。

——さやか、もうお母さんにも、どないしたらええんか、わからへん
——もう、一緒に死ぬしかないんよ

血の気が失せ、表情の消えた顔で、そう繰り返し続けた母。

短大卒業後に勤めた商社で父と出会い、結婚後は専業主婦になった。さやかが生まれてからは、自らピアノの手ほどきをしたり、本を読み聞かせたりして、娘との時間を大切にした。慎ましくも幸せな人生を歩んできた母にとって、不登校となった娘の存在は、度し難い苦悩だったに違いない。

だが、苛めた側から「シネ」という言葉で、死を命じられる理不尽。あいつらの望みを叶《かな》えてたまるか、絶対に死んでなるものか、と懸命に踏ん張っていたところへ、母のあの言葉は、心底、応《こた》えた。

——やっぱし、家族の幸せが一番
教室で聞いた誰かの台詞が、脳裡をかすめる。何の迷いもなく、そう言い切れるひとが、羨《うらや》ましい。

八年の時を経て、今、互いに歩み寄ろうとしているのだけれど、さやかには、親との距離の縮め方がわからない。娘が夜間中学に通うことを、ふたりがどう思っているのか、聞いたこともなかった。

半分開いたままの窓から、意外に涼しい風が忍び込んでいた。母の眠りを妨げぬよう、静かに窓を閉じ、そっと部屋をあとにする。

自室に戻ると、机の上に、鞄《かばん》から出したクリアホルダーを置いた。硬質のホルダーにおさまっているのは、短冊用色紙だ。

綺麗《きれい》な空色。晴れ渡る春の空を思わせる、優しい色。

まだ何も書かれていない短冊を前に、「何を書いたらええんかなぁ」と呟く。

たかが七夕飾り。遊びの一環なのだから、そう真剣に悩む必要はないし、書かない、という選択肢もある。

いつか、書ける時が来たら。

書きたい、と思う願い事が見つかってから。

それでええやんなぁ、とさやかは決めて、ホルダーごと本棚に差し込んだ。

父が帰宅したのだろう、階下でふたりの話し声がしていた。


「うわあ、綺麗やねぇ」

「仰山、集まったもんやな」

生徒たちの間から、感嘆の吐息が洩れた。

七月七日、七夕。

思い思いの願い事を記した色とりどりの短冊が、笹竹の枝がしなるほど、沢山、吊り下げられている。

「さやかちゃん、内緒やけどな。私、五枚も書いてしもたんよ」

並んで笹飾りを眺めていた蕗子が、さやかに囁《ささや》いた。進路のこと、家族のこと、仲間のことなど、願い事をひとつに絞り切れなかった、という。

「五枚は凄《すご》いなぁ。私なんか結局、何も書けなくて、今回はパス」
さやかは友に囁き返して、短冊に書かれた皆の願い事を読んでいく。
平和
家内安全
しんぶんがよめますように
かんじをいっぱいおぼえたい
無事に卒業できますように
短冊に込められたそれぞれの願い事が、黄昏《たそがれ》色に染まり始めていた。
「ほな、織姫《おりひめ》さんと彦星《ひこぼし》さんに見えるよう、校庭に移しましょか」
鈴木先生の合図で、廊下の柱に括り付けられていた笹竹が外される。三人がかりで、ゆっくりと校庭へと運ばれようとした時だった。
「待って、待って」
「先生、私たちのも飾ったってんか」
一年一組の生徒たちが、手にした短冊を振り振り、階段を下りてくる。中に、高齢の生徒に手を貸すスアンの姿もあった。
「階段、危ないから、焦らなくて大丈夫ですよ。ゆっくりで大丈夫」
開いた掌をメガフォン替わりに、江口先生が叫ぶ。
識字クラスの生徒たちが胸に抱くようにして持ってきた短冊を認めて、教師たちが何とも嬉しそうな顔つきになった。

「せっかくやし、自分たちの手ぇで笹竹に結びましょか。てっぺんに近いとこが空いてますよ」

養護教諭の提案を受け、教師たちは笹竹を傾けて、「ここ、ここ」と笹竹の頂上を生徒たちに示した。

カラフルな色紙の短冊に記されているのは、皆、同じ言葉だった。

あ　お　ぞ　ら
どれも、紙一杯、はみ出しそうに大きく、力強い筆跡で書かれている。

「あ・お・ぞ・ら」

その場にいた生徒たち全員が、一字、一字、区切って大きな声で読み上げた。

「『あべの』の『あ』や」

「『あびこ』の『あ』やんか」

「『あいしてる』の『あ』やで」

その文字でてこずった経験があるのだろう、皆、目を瞬《しばた》いて眺めている。

苦しいこと、辛《つら》いこと、悲しいことは沢山あった。けれど、この先の人生が青空でありますように。

日本に暮らす我々も、祖国の大切なひとたちも、この世界で生きる皆が、青空に恵まれますように。

ありとあらゆる祈りと願いが詰まった四文字だった。

夕映えの空、目を凝らせば、一番星の在処《ありか》が分かる。

教員たちの手で校庭脇《わき》のフェンスに括り付けられた七夕飾りを、さやかはひとり、近くまで行って、見上げた。

空に一番近いところに、「あおぞら」と書かれた短冊が何枚も提げられている。

綺麗、とさやかは思う。

何て綺麗なんやろ、と。

# 第四章　弱くて、脆い

昼間の生徒たちに下校を促すチャイムが、坂の上まで聞こえている。

アガサでの仕事が早く済んだため、そのまま登校することにしたものの、さやかは少し気が重かった。

学齢期の生徒たちが三々五々、坂を上ってくるのが見える。

ブレザーに、男子はダークグレーのズボン。女子はリボンタイ、そしてチェックのプリーツスカート。それが、河堀中学校の昼の生徒たちの制服だった。

制服の集団と鉢合わせになるのが嫌で、さやかは地蔵の祠《ほこら》の在《あ》る方へと足を向けた。

「こんにちはァ」

「はい、こんにちは」

下校する昼の生徒たちと、早めに登校する夜間学級の生徒たちとの間で、まれに挨拶《あいさつ》が交わされることがある。

昼間の生徒たちにとっては、夜間学級があるがゆえに、運動場や体育館などの使用を制限されるため、快く思わない者も居るだろう。逆に、設備の差に悔しい思いをする夜間の生徒たちも居る。

それでも、陽《ひ》のあるうちは「こんにちは」、陽が暮れてからは「こんばんは」の挨拶を自然に口にする者が、どちらにも居た。

無論、さやかにはそれが出来ない。

制服ラッシュが一段落したところで、さやかは地蔵に頭を下げて、祠を離れる。

「あいつ、めっちゃウザいやんなぁ」

「しゃべり方とか、気色悪いねん」

声高な話し声とともに、五、六人の生徒たちが男女入り交じって正門から現れた。

身体《からだ》が強張《こわば》り、足が竦《すく》みそうになるのを、さやかは堪《こら》える。息を詰めてすれ違い、足早に古い校舎へと逃れた。

入学前ほどではないにしても、やはり制服姿の中学生の集団は苦手だった。

大丈夫、大丈夫、と言い聞かせて、下駄箱《げたばこ》で上履きに履き替える。

スアンに用があったので、一年生の教室のある三階へと、階段を一気に駆け上がる。保健室の前を通りかかった時、開いたままの戸口から、養護教諭の鈴木と、担任の江口とが話し込んでいる姿が見えた。

「あ、潤間さん」

さやかに気づいて、鈴木先生が呼び止める。

「ちょっと入って。江口先生、彼女なら詳しいかも知れへんよ」

あとの方を同僚に言って、鈴木先生はさやかを室内に招き入れた。

「潤間さん、漫画に詳しかったりする？」

「……子どもの頃《ころ》は好きでしたが、今はそうでもないです」

質問の内容が思いがけず、さやかは養護教諭の意図を摑《つか》みかねていた。

怪訝《けげん》な顔の生徒に、鈴木先生は「ゴメン、ゴメン」と詫《わ》びる。

「江口先生、潤間さんには話しても構わへんでしょう？」

「それは……」

一旦は迷った江口先生だったが、腹を据えた体《てい》で、頷《うなず》いてみせた。

鈴木先生は白衣の前を整えながら、徐《おもむろ》に口を開く。

「実はね、ある漫画家さんから、うちの学校を取材させてほしい、という申し出があって」

夜間中学を取り上げた報道番組を見て興味を持ち、もっと詳しく知りたくなった、という。雑誌掲載の確約が得られていないから、と出版社を介さず、じかに河堀夜間中学へ連絡があったとのこと。

「色々な夜間中学に声をかけて、全部、断られたそうなんよ。作品になるかどうか、どういう形で使われるかもわからへんし。断るのが普通やとは思うの」

鈴木先生の言葉を、江口先生が「ただ」と受け継ぐ。

「ただ、『夜間中学のことを知りたい』と思ってもらうのは、とても大事なこと。世の中に『知りたい』を広げるのに、ええ機会になるかも、と思ってね。まぁ、受けるかどうか、私の一存では決められへんし、正式に話を進めるんは、ともかく一度会ってからになるけど」

ほかの学校が断っても、うちの学校だけは、受《う》け容《い》れを検討しようとしている。その事実が、さやかには何となく嬉《うれ》しく、好ましい。

「どんな漫画を描《か》いてはったひとなんですか？」

子どもの頃は確かに、漫画が好きだった。もしかして、作品を知っているかも知れない。

せやねぇ、と鈴木先生は首を捻《ひね》って続ける。

「二十年以上も前の作品なんやけど、学園モノいうジャンルになるかなあ。『ハイスクールぶるうす』は、私も好きで、よう読んでた」

題名に聞き覚えがあった。

ハイスクールぶるうす、と繰り返して、「あっ」とさやかは軽く目を見開く。

確か、アガサの緒方店長が学生時代、夢中になって読んだ、と話していたのは、それではなかったのか。

「バイト先の店長から、聞いたことがあります。その作品がきっかけで、漫画家を目指そうと思ったことがあった、って」

「一世を風靡《ふうび》した作品やからねぇ。江口先生から話を聞いた時は、私もびっくりしたんよ」

その名を聞かなくなって久しいが、今なお漫画家を続けていることに、鈴木先生はとても驚いたという。

「教員の殆《ほとん》どが、彼のことも作品も知らへんの。この話、どないなるか、まだわからないし、伏せといてもらえると、ありがたいです」

そう言って、養護教諭はさやかに軽く頭を下げた。

ほどよい音量で、FMラジオがかかっている。昼下がりのアガサでは、丁度、客足が途絶えたところだった。

「『ハイスクールぶるうす』？」

訝《いぶか》しげな顔の緒方に、さやかは妙に緊張しつつ、はい、と応《こた》える。

「描いたひとの名前を知りたいなあ、と思って。前に店長から話を聞いてたし、ちょっと読んでみたくなって……」

途端、緒方は破顔して、

「あれは名作やから、さやかちゃんにも読んでもらえたら嬉しいなぁ。実家に全巻揃《そろ》ったまま置いてあるし、今度、取ってくるよ」

と、上機嫌でメモ帳に手を伸ばした。ボールペンを取り出し、さらさらと「用瀬　裕」と書いてみせる。

「これで、『もちがせ　ひろし』と読むんや。学園漫画で当時は売れに売れたんやけど、もう久しく、名前を聞かへんなぁ。当時は二十歳《はたち》そこそこやった、と思うから、今は四十代半ばくらいやろか」

僕より年下やねん、と店長はメモを破って、さやかへと手渡した。

「ところで、さやかちゃん、じきに学校は夏休みに入ると思うんやけど、夜間中学もそうなんやろか?」

「はい」

メモを丁寧に畳んで、胸ポケットに入れると、さやかは「昼の中学も夜間中学も同じ公立中学校なので、同じように夏休みがあるんです」と答える。

ああ、それやったら、と店長は軽く身を乗りだした。

「夏休みはアガサも忙しくなるし、手ぇが足らへん。さやかちゃん、ちょっと多めに入ってくれると、助かるんやけどなぁ」

乞《こ》われて、しかし、さやかはすぐに返事が出来なかった。

夜間中学でも、昼と同じく補習授業もあるし、自主的に毎日学校へ行く生徒も多いと聞いていた。長い休みの間、なるべく家に居たくないので、さやかもそうしようか、と考えていたところだった。

「あ、予定が入ってるんか」

さやかの沈黙を勘違いしたのか、店長は、

「せやな、友だちとか家族とかで、遊びに行ったり、旅行したりするやろし。それはそうや」

と、残念そうに言った。

友だち、とさやかは繰り返す。以前はそう呼べるひとが誰《だれ》も居なかった。しかし、今は。

「大事な友だちは居てますけど、一緒に何処《どこ》か行ったりするまでは、まだ……」

スアンや蕗子、健児、正子《チョンジャ》ハルモニ、遠見、と友の顔が次々に浮かぶ。しかし、いずれも学校の中での付き合いだけで、皆のプライベートを殆ど知らない。

ほうか、と緒方は頷き、

「けど、夏はお盆休みもあるし、ご家族でどっか行ったりするやろ?」

と、にこやかに尋ねた。

「家族で旅行とかは、ありえへんし」

自分でも、少し声が尖《とが》るのがわかる。

家庭の話を、今まで店長にしたことはない。気安く話せるはずもなかった。

「さやかちゃん、けどな、君の……」

何か口にしかけて、しかし、緒方店長は黙った。

折しも、若い男性客がドアを開けて入ってきた。「アガサ」のロゴの入ったネイビーブルーの布袋を、手にしている。

店長に一礼したあと、さやかは、

「ビデオのご返却ですね。お伺いします」

と、客に呼びかけた。


「明後日《あさって》が祝日で、終業式は翌日の土曜日やから」

始業前、壁に貼《は》られた七月のカレンダーの日付を、蕗子が指で押さえて、「ひぃふぅみぃ」と数えている。

「あと四日。今日を入れて、あと四日で一学期もお終《しま》いなんやねぇ」

生徒たちの切ない吐息が、幾つも重なった。

「けど、二十日は『海の日』で、休みやで。授業を受けるんが一日減ってしまうがな」

「大体、何やねん、『海の日』て。そないなもん、昔はなかったで」

よもや、授業が無くなることを喜ばない中学生が居るなど、誰が想像するだろう。皆の遣《や》り取《と》りに、さやかは笑いを堪える。

だが、さやかにしても、学校のない休みの日は、どうにも落ち着かない。学齢期には予想もしないことだった。

「あれ、誰やろか。江口先生と一緒のひと」

級友のひとりが、廊下を指して「見学のひとかねぇ」と首を捻っている。

江口先生に先導されて、職員室の方向に歩いているのは、四十代後半と思《おぼ》しき、長身でスリムな体型の男性だった。

夜間中学を見学に訪れるひとは多い。入学希望者を除けば、大抵は学校関係者で、スーツ姿が殆どだ。

リネンの細縞《ほそじま》シャツにチノパン、という格好は珍しい。足もとの来客用のビニールスリッパがご愛嬌《あいきょう》だった。

ええ男やねぇ、と女生徒たちが囁《ささや》き合う。

「俳優の、何とかいうのに似てるわ」

「私も思った。何とかいう男優やろ?」

せやせや、と共感の輪が広がっていく。

わからん、と遠見が首を傾《かし》げて、

「健児、『何とかいう俳優』って誰のことや?」

と、若い級友に泣きついた。

健児は教室の戸口から身を乗りだして、職員室に入っていく相手を確かめる。

「役所広司《やくしょこうじ》と違うか? 映画によう出てるやん。社交ダンスのヤツとか、軽井沢《かるいざわ》で心中するエロいヤツとか……」

「ちょっと、健児君」

思わず、さやかは会話に割り込んだ。レンタルビデオ店「アガサ」勤務の身としては、決して聞き逃せない。

「『Shall we ダンス?』と『失楽園《しつらくえん》』ね。タイトルは正確に言うてな」

「ああ、それそれ、それな」

適当に相槌《あいづち》を打つと、健児は、

「パッと見た感じ、会社員とか公務員とかではないような……。うちの店のお客さんにも、わりに多いタイプや」

と、職員室の方を再度、見やった。

あ、と洩《も》れそうになった声を、さやかは呑み込む。

もしや、あれが用瀬裕《もちがせひろし》という漫画家ではないだろうか。店長から借りた漫画の扉絵が、ぱっと目の前に浮かんだ。

取材を許可するか否か、ともかく一度、会って話してから——江口先生はそう話していた。もしや、今日がその日ではなかろうか。

店長から借りて読んだ「ハイスクールぶるうす」は、男子高校生たちの明るく弾《はじ》けた学園青春群像とでも呼ぶべき作品で、以前なら絶対に読まない類《たぐい》のものだった。

しかし、コメディタッチの絵柄に比して、枠線の中に書き込まれた台詞《せりふ》や言葉に、哀《かな》しみや切なさが滲《にじ》んで、涙が溢《あふ》れる場面が幾つもあった。

あれを描いたひとかも、と思うと、胸が高鳴る。

いやいや、そうと決まったわけではない、と自制するも、口もとが綻《ほころ》んで仕方がない。

そんなさやかを、健児が気味悪そうに眺めていた。


祝日を挟んで、土曜日は一学期の終業式だった。

午後五時半からの講堂での式の前に、全員で手分けして校舎の清掃に取りかかる。

「力仕事は、若い者に任せといてや」

健児が張り切って、モップ用のバケツを運んでいる。さやかも水場と教室を何往復もして、雑《ぞう》巾《きん》バケツの水を取り替えた。

汗がしたたり落ちるので、皆を見習って首に巻いたタオルが、思いのほか役に立つ。

「そろそろ式が始まるし、これで最後やな」

汚れたモップを洗いながら、健児がさやかに話しかける。他の生徒たちは講堂に行ったらしく、周囲には誰も居なくなっていた。

「健児君て、今はお店に住み込んでるんやったよね？」

バケツに水が溜《た》まるのを待つ間、さやかは迷いつつも、健児に尋ねる。

「ご両親とは会うてるの？　一緒に旅行に行ったり、するん？」

「はあ？」

モップを置いて、健児はまじまじとさやかを見た。

「何やねんな、急に」

いや、その、とさやかはどぎまぎしつつ、早口で応じる。

「健児君て、親とはどんな感じなんかなぁ、と思って」

すーっと、健児の周囲の空気が冷えるように、さやかには思われた。

ふぅん、と興味なさそうに言って、健児は傍らのモップを拾い上げる。

「俺《おれ》が十六ん時に、親は離婚してる。今はどっちも再婚してて、もう何年も会うてへん。連絡とり合うこともないし」

しまった、とさやかは思ったが、もう遅かった。土足で心に踏み込まれることが、どれだけ不愉快か、さやか自身が知っているはずだったのに。

「しょうむないこと、聞くなや」

淡々とした口調が、むしろ、さやかには応えた。

「ゴメン……」

項垂《うなだ》れるさやかに、健児は「やれやれ」という体で両の肩を竦《すく》めてみせる。

「何か、行き詰まってたりするんか？　親のことで」

「行き詰まる、というより」

どの表現が適切か、さやかは懸命に考えて答えを導きだした。

「わだかまる……そう、ワダカマってる」

「そらそうやろ。当たり前やん」

級友は事も無げに言って、片手を伸ばし、水道のカランをぎゅっと捻る。バケツに満々と水が張られていた。

「学校に行くのが当然いう時代に、不登校を通したんやで。ある意味、地獄やったやろ、お前んとこも、俺んとこも」

すんなり「なかったこと」に出来るかい、と健児は語気を強めた。

鬼の形相と化して、登校を迫る両親。手当たり次第にモノを投げ、手足をばたつかせて抵抗する子ども。壊れたドア、穴の開いた壁――そんな情景が、脳裡《のうり》に浮かぶ。

なかったことには、できない。

健児の言葉に、さやかはこっくりと頷いた。

それぞれに家庭の事情は異なっても、不登校児と呼ばれた経験を持つ者と話せたのは、さやかには生まれて初めてのことだ。

囚《とら》われ、わだかまり続ける苦しみを抱えるのは、さやかばかりではなかった。大袈裟《おおげさ》なようだが、救われた、と思った。

「松峰君、潤間さん」

渡り廊下から、養護教諭の鈴木が大声でふたりを呼んでいる。

「終業式が始まるから、急いで。バケツはあとで片づけたらええから」

「はい」

大きな声で返して、健児はさやかに、

「ほれ、サヤサヤ、行くで」

と、滞っていた重い空気を打ち壊すように、朗らかに命じた。

さ、サヤサヤ……。

さやかなのに。否、さやかだから、サヤサヤなのか。

二十年生きて来て、こんな恥ずかしい呼び名をもらうとは、と身もだえしつつ、サヤサヤは健児の背中を追って走りだした。


講堂に全校生を集めての終業式では、教員の挨拶や注意事項の申し渡しなどを経て、各クラス代表による作文の朗読があった。

トップバッターは一年一組のスアンで、たどたどしいながらも、七夕飾りの思い出を、懸命に読み上げる。

ベトナムにはなかった習慣に戸惑ったこと、短冊に書くために「あおぞら」という字を何度も何度も練習したこと。風に揺れる短冊を美しいと思い、見惚《みと》れたこと。朗読を終えて大きな拍手に包まれたスアンは、真っ赤に頰《ほお》を染めて、涙ぐんでいた。

「アップル、アップル、リンゴ」から始めて、よくぞここまで、とさやかは胸が一杯になる。あとに続く十一クラス分の作文の朗読も、聞きごたえ充分のものだった。

最後、江口先生がひとりの男性を壇上へと招いた。役所広司という俳優に似た、件《くだん》の人物であった。

皆にそのひとを紹介すべく、江口先生はマイクを握る。

「こちら、用瀬裕さん、て仰《おっしゃ》います。長いこと漫画を描いておられていて、夜間中学のこと、皆さんの学校生活のことを知りたい、と熱心に何度もお手紙を頂きました。よく話し合って、暫《しばら》くの間、うちの学校に、見学者として通って頂くことになりました」

漫画という媒体に馴染《なじみ》のない生徒が殆どのせいか、講堂はしんと静まり返っている。

「入学を前提にした見学とも違いますし、漫画のための取材、というのとも少し違います。この学校や皆さんが、そのまま漫画のモデルになるわけではありません。ただ、短期間、皆さんの仲間に加わってもらって、夜間中学のことを知ってもらえたら、と思っています。もちろん、プライバシーには充分配慮して頂きますし、生徒さんから何か苦情が出た時には、ただちに切り上げる、と約束して頂いてます」

全員を見渡して、江口先生は「夏休みの間は、自主学習の様子も見せてあげてください」と、ゆったりと言い添えた。

生徒からの信頼の厚い江口先生が言ったことで、講堂には用瀬を受け容れる雰囲気が出来上がっていた。

マイクを渡されると、用瀬は深く一礼をし、

「皆さんの邪魔にならないよう、授業や行事を見学させて頂きます。基本、静かに控えていますので、時々、相手をしてください」

と、短く挨拶を終えた。

サヤサヤ、と健児がさやかを声低く呼ぶ。

「用瀬裕って、もしや、『なんちゃらブルース』とか、描いたヤツなんか?」

「サヤサヤとか呼ぶな。あと、『なんちゃらブルース』と違う。『ハイスクールぶるうす』」

小声で返した途端、健児の口から「うひょう」という奇妙な声が飛び出した。


陽が落ちて少し涼しくなったものの、校庭にはまだ、むんとした熱が残っている。夜風が、渡り廊下に提げられた風鈴を、ちりちりと鳴らしていた。

「先生、お陰さんで一学期を無事に終えられました。おおきに」

「二学期も頑張りましょうね。身体、大事にしてくださいよ」

終業式のあと、各クラスのホームルームを経て、河堀夜間中学の一学期は終わった。生徒たちは教師に見送られて、校門を出ていく。

「明日から夏休みやねんなぁ」

「けど、自主学習に通わせてもらうし、あんまり関係ないわ」

あちこちで、そんな遣り取りが交わされる。

補食はないし、暗くなるまで居られるわけではないが、教室での自習が許されて、皆、嬉しそうだ。

「スアンちゃん、今日の朗読、最高やったわ」

「ほんま、良かったで、スアンちゃん」

蕗子と遠見に幾度も褒められて、スアンは幸せそうに「ウレシイ、アリガト」と応えた。

一学期の下校は今日で最後、との思いがあるせいか、正子ハルモニ、健児たちと皆で揃って、ゆっくりと坂道を上る。

「ほら、今日のあのひと」

自転車を押すのを止めて、蕗子がふと思い出したように口を開いた。

「餅《もち》がどうした、とかいう名前の。役所広司に似たひと」

「餅と違うで、用瀬裕！」

人差し指をワイパーのように左右させて、健児が応える。

「漫画の世界ではビッグネームや。俺のよう行く漫画喫茶の棚に、ズラーッと古いコミックスが並んでるわ」

健児の言葉に、「漫画のことはようわからんのやけど」と蕗子は前置きの上で、

「餅、違うわ……用瀬さんいうんは、悪い人やないなぁ。朗読の時、私のすぐ近くに座ってはったんやけど、熱心に聞いて、時々、涙ぐんではった」

と、好ましげに話した。

「どうせ、ネタ探しやろ。蕗子さん、甘いで。あんた、見た目で騙《だま》されてるんと違うか」

揶揄《やゆ》する口調の遠見に、スアンが不安そうに「ネタ探シ、何？」と尋ねる。

出版社の後ろ盾もない、作品になるか否かもわからない。用瀬が見学を望む目的が今一つはっきりしない。

細かい事情を知らずとも、遠見のように警戒したくなるのもわかる。ただ、とさやかは思う。

「悪い人ではない」との蕗子の評価は腑《ふ》に落ちる。

代表作の「ハイスクールぶるうす」しか読んでいないが、チャーミングな絵柄よりも、枠線の中にちりばめられた台詞に、さやかは胸を揺さぶられた。言葉をとても大事にしている、という印象を作者に持っていた。

本人に会って、江口先生も「このひとなら」と受け容れたのだろう。

「さっきの挨拶かて、そないガツガツしてへんかったで。静かに控えてる、て言うてたやん」

それに、と健児は片手で髪を撫《な》で上げる。

「格好よう描いてくれるんやったら、俺をモデルにするんは許せるし」

「健児、結局、お前はそれかいな」

遠見の突っ込みに、皆がどっと笑う。

気づくと脇道《わきみち》の地蔵の祠《ほこら》に、数名の生徒たちが腰を屈《かが》めて参っていた。無事、一学期を終えられたことの礼を伝えているのだろう。

生徒の中には家族を介護中の者も居て、病人に心を残しつつ通学している、と聞く。地蔵尊への祈りは切実なものがあった。

さやかたちも、その場から手を合わせて一礼を送った。


「さやかちゃん、ほんまに助かる」

店開け前の商品仕分け中、緒方店長がさやかを片手で軽く拝んでみせる。

週七日のうち、学校に行くのは三日間。残る四日間は開店から閉店まで「アガサ」に詰めることに決めたさやかだった。

「私の方こそ、シフト組んでもらって、助かります」

バイトを多くすれば、その分、預金できる。

遊びたいわけでも、今、何かを買いたいわけでもない。ただ、三年に進級すれば、卒業後のことを考えねばならない。僅《わず》かの蓄えでも、あった方が心強い。

あ、とさやかはビデオテープの仕分けの手を止める。観《み》たかった映画のタイトルが目に入ったのだ。スアンの故郷のベトナムが舞台で、戦争ものではない作品。

「ああ、それ。さやかちゃんが借りて良いよ」

さやかが手にした「青いパパイヤの香り」に目を止めて、店長はにこにこと頷く。

「ところで、夏休みの間の自主学習って、いつもの授業みたいに、教師が教えてくれるわけと違うんでしょ？」

「先生たちも休みを研修に充《あ》てるので、結構忙しいみたいです。けど、都合のつく先生は、補習授業という名目やと思いますが、指導してくれはります」

なるほどねぇ、とアガサの店長は感心しきりだ。

「学校とか教育機関とかいうんは、規則、規則で雁字搦《がんじがら》めな印象があったんやけど、夜間学級は臨機応変というか、僕が思ってたのとは大分《だいぶ》違うねぇ。生徒の殆どが大人、いうんがその理由かも知れんね」

きっとそうや、と緒方は自分の導き出した推論に、満足そうに頷いた。


夏休みの間は、始業や終業を知らせるチャイムは鳴らない。

音楽室も職員室もがらんと静かだが、十二ある教室には、必ず誰かが机に向かっていた。

さやかは、中学一年から二年までの各教科の参考書と問題集を持ち込んで、少しずつ目を通し始めている。その内容は、夜間中学の授業よりも遥《はる》かに難解だが、今のうちにきちんと二年生のレベルまで追いついておきたかった。

昔のさやかは、不登校により勉強が遅れ、学力が劣っていくことにコンプレックスを抱きつつ、自らは何の努力もしなかった。けれど、今は、自分自身のために、しっかり学ぼうと思う。「学び」とは、誰にも奪われないものを自分の中に蓄える、ということ――正子ハルモニと話した時に、そう気づかされた。

誰のためでもない、自分のために。自分の人生のために。

さやかだけではない、二年三組の教室には、蕗子や遠見を始め、何人もの生徒が各々の教材と格闘していた。

「ああ、そろそろ六時半やわ」

手もとが暗くなってきて、暗黙の了解とされる下校時間が近づいてきた。

「今日は昼過ぎに来てるから、下手したら何時《いつ》もより長う勉強できてんのやけど」

まだまだ足らんなぁ、と遠見が溜息《ためいき》をついた。

照明が必要になる前に、と皆が帰り仕度を始める。

「餅がどうした、いうあのひと、今日はどのクラスに居るんやろ」

「役所広司やろ？　さっき、階段で会うたから、一年のとこと違うか。ずっとうちの教室に居てくれたらええのに」

もう十日近く通っているのに、なかなか名前を憶《おぼ》えてもらえない用瀬のことを、さやかは少し気の毒に思う。

「私、スアンを呼びに行ってくるね」

布製鞄《かばん》をたすきに掛けて、さやかは教室を飛び出す。

「慌てんでええで」

「識字クラスは、もっと勉強したいやろから」

「私らは先に、ゆっくり帰ってるよって」

皆の声が重なって聞こえていた。


三階の一番奥の教室。

薄暗くなってきた廊下に、一年一組の教室から洩れる照明の明かりが眩《まぶ》しい。自習時間の延長も、識字クラスなら大目に見てもらえているのだろう。

廊下の窓から覗くと、十五人ほどの生徒が、プリントに向かっていた。

非常勤の国語の講師が、さやかに手招きをしてみせる。教室の一番後ろに用瀬裕が座っていて、その横にどうぞ、とばかりに指で示した。

邪魔にならないよう、足音を忍ばせて、用瀬の隣りの席に座る。互いに会釈を交わし、黒板へと向き直った。

ふで
ふうりん
黒板には、二つの言葉が白いチョークで伸びやかに書かれている。今日は「ふ」という字の復習をしているのだろう。

ふで、ふうりん、と生徒たちと音読したあと、講師は机の上に置いていたものを取り上げ、高々と掲げた。

習字用の筆と、丸い形の風鈴だった。掲げられたことで、風鈴はちりちり、と涼しげな音を立てる。

「ふ・で。この筆のことです。ふ・う・り・ん。こちらの良い音の出るもののことです」

ああっ、という納得の声が洩れた。筆は習字の時間に使うし、風鈴は渡り廊下に提げてあった。ものの名前と、文字と読み方。その三つを手に入れて、生徒たちの目が輝いていた。

「では、今度は皆さんに『ふ』を使った言葉を、考えてもらいましょう。『ぷ』や『ぶ』でも構いませんよ」

講師の提案に、はい、と手を上げたのは、六十代と思しき男性だった。

「かぶとむし」

「うわぁ、難しいのが来ましたねぇ。はい、では、書いてみますね」

若い講師はチョークで黒板に「かぶとむし」と書いた。

生徒たち、特にスアンのようなニューカマーや、事情があって長く外地に留《とど》まっていた者たちには、その正体がわからないらしく、困惑している。

講師は黒板の文字をひとつずつ押さえて、「か・ぶ・と・む・し」と音読する。

かぶとむし、かぶとむし、と口の中で繰り返していた一人の生徒が、

「先生、わかりました。野菜の蕪《かぶ》と、虫のことですね」

と、嬉しそうに発言した。蕗子同様、残留孤児として日本に帰ってきた女性だった。

「ええと、『かぶ』『と』『むし』で区切らないのよ。これで、ひとつの言葉です」

どない説明したらええかなあ、と講師は眉根《まゆね》を寄せて思案に暮れている。

さやかと用瀬は、思わず顔を見合わせた。

「かぶとむしって、説明が難しいですよね」

「今から捕まえてくるのも、無理だからねぇ」

こそこそと囁き合っていると、講師が「潤間さん、説明してもらえませんか？」と、さやかに助け舟を求めた。

困った、と思いながらも、さやかは立ち上がる。片手を頭の上に突き出して、

「蕪じゃなくて、甲《かぶと》。ほら、戦国武将とかが頭に被《かぶ》ってる、あの甲です」

と、解説を試みた。

しかし、「頭に被るのは帽子ではありませんか」「センゴクブショウって何ですか」と、むしろ生徒たちを混乱させてしまった。

「あの」

隣席の用瀬が、思い切った体で立ち上がり、大股で黒板に向かった。講師からチョークを借りて、黒板に大きく絵を描き始める。

丸みを帯びた体形、堂々とした太い角、折れ曲がった六本の脚。

「これが、かぶとむし、かぶとむしです」

用瀬は生徒を振り返り、開いた掌《てのひら》で黒板を軽やかに叩《たた》いてみせた。

「あっ」

「ああ、それ知ってます」

ガタガタと椅子《いす》を鳴らして、数人の生徒が立ち上がり、黒板を指さした。

先ほどの老女も、両の指を胸の前で組んで、

「わかります、わかりました。中国にも居ました」

と、大喜びだ。

流石《さすが》、と講師は感激の面持ちで「ありがとうございます。助かりました」と幾度も礼を繰り返した。

こんなことって、あるんやなあ。

まるで、映画のワンシーンみたいや。

偶然、この場面に遭遇できた幸せを、さやかはうっとりと噛《か》みしめる。

自主学習の終了後、用瀬は生徒たちに取り囲まれた。

「漫画家て言われたかて、ようわからんよって、あんたのこと、何や得体が知れんなあ、と思うてたんや。悪いことした」

「言葉を絵ぇにして教えてくれる先生やってんねぇ。頼りになります」

殊に高齢の生徒たちから「先生」「先生」と慕われて、用瀬はひどく困っている。

救いを求めるように、用瀬はさやかを見、「ねぇ、君。君から皆に、私が先生じゃない、と説明してもらえないだろうか」

と、懇願した。

無理無理、と言わんばかりに、さやかは開いた手を左右に振り、拒んでみせる。

教室を去りかけていた講師が足を止め、用瀬さん、と笑みを浮かべた。

「ここの生徒さんにとって、ものを教えてくれるひとは、誰でも『先生』なんですよ」

それに、と講師は顔つきを改める。

「それに、漫画家の用瀬先生から、絵を通じて言葉を教わるの、識字クラスの生徒さんにとって、とても貴重で幸せな経験になると思うんです。これからも続けてもらえませんか？」

どうぞお願いします、と講師は深々と頭を下げた。

全く同じ想《おも》いだったさやかは、講師を真似《まね》て「お願いします」と深く首《こうべ》を垂れる。やり取りを見ていた生徒たちも、用瀬に向かって手を合わせたり、拝んだりした。

「弱ったなぁ」

心底弱った体で、用瀬は頭に片手を置いている。

しかし、結局、用瀬は「お役に立てるなら」と、識字の補習授業に付き合うことを約束し、その言葉通りに、夏休みの間も夜間中学へ通い続けたのだった。

お盆も過ぎ、朝夕、少しばかり凌《しの》ぎ易くなった。ほっとしたところへ、台風十一号が本州の南側をなぞるように進み、大きな被害をもたらした。

台風一過となった、夕方。

さやかは参考書の詰まった重い鞄を肩から提げて、混雑する駅の改札を出たところだった。

「さやかちゃん」

背後から、ぽん、と肩を叩かれて、振り向くと、用瀬がにこやかに笑いかけていた。

「あっ、モチ先生」

識字クラスの生徒たちから、親しみを込めてそう呼ばれていることを、スアンに聞いていた。

「何だよ、さやかちゃんまで」

照れ臭そうに、用瀬は顔をくしゃくしゃにした。夜間中学に通い詰めるようになって、およそひと月。周囲にもすっかり溶け込んでいる用瀬であった。

「昨日の台風、雨よりも風が凄《すご》かったね。大丈夫だったかい？」

「自宅の方は何とも……。ただ、バイト先のお店がある商店街は、看板が飛んだりシャッターが壊れたりして、大変やったみたいです」

学校へと続く道には、台風の置き土産か、折れた街路樹の枝や葉が散乱している。途中、「ちょっとゴメン」と、用瀬は路地に入り、地蔵の祠の前まで行って、手を合わせた。

「生徒さんの真似をしてるうちに、何だかこうしないと落ち着かないようになってね」

さやかのところへ急いで戻ると、用瀬は並んで歩き始めた。

「モチ……用瀬先生は、今、大阪にお住まいなんですか？」

「うん。生まれも育ちも東京なんだけど、一度、人生をリセットしたくて、去年、越してきたんだよ」

早くに亡くなった両親が、ともに旭区《あさひ》の出身だったから、と用瀬は言い添えた。

リセット、という言葉に、さやかは用瀬の横顔を見上げる。

相手がそこに引っ掛かっている、とわかったのだろう。用瀬は首を捻《ね》じってさやかを見、

「リセットという言葉が、必ずしも相応《ふさわ》しいわけではないかも知れない。けれど、そうだな、『生きなおしたい』と思ったんだ」

と、穏やかに言った。

さやかは足を止め、躊躇《ためら》いがちに口を開く。

「お伝えするかどうか、迷ったんですが、私、『ハイスクールぶるうす』が大好きです」

同じく立ち止まり、用瀬はさやかと向き合った。

「古い作品なのに、読んでくれたんだね。ありがとう」

何処となく哀しそうな眼《め》だ、とさやかは思う。感想など求められてはいないのだが、さやかは言葉を探しながら、唇を解《ほど》いた。

「私は中学一年の二学期から、学校に行っていませんでした。当時の同級生からの……その……暴力で大怪我《おおけが》をして……」

あの頃に「ハイスクールぶるうす」のような学生時代を送れていたら、と幾度思ったかわからない。叶《かな》わなかった夢が一杯に詰まった作品で、読んでいてとても切なく、でも慰められた——

閊《つか》えながらも、さやかは懸命に作品の感想を相手に伝えた。

用瀬はじっと耳を傾けている。

時々、夜間中学の仲間たちが、ふたりの傍らを黙って通り過ぎていった。深刻な話をしていることを察したのだろう、誰も割り込んでは来ない。

「ありがとう、さやかちゃん」

話を聞き終えた用瀬は、さやかに向かって、まず一礼した。

「仲間外れ、無視、ものを隠される、捨てられる、教科書や机への心無い落書き、そして暴力――多分、私たちは、似たような学生時代を送ったんだと思うよ。私の方は、高校一年の時だったけど」

目を見張るさやかに、用瀬は深く頷いてみせる。

「叶わなかった高校生活だからこそ、あれを描けたんだと思う。さやかちゃんの感想、嬉しく、ありがたかった」

高校を中退したあと、漫画家としてデビューが叶い、あの作品で一躍有名になった。コミックスも恐ろしい勢いで売れ、キャラクター商品までが次々と生まれた。

「でも、若かったからね。勘違いしてしまったんだよ。傲慢《ごうまん》で鼻持ちならなくて。振り返ると、正直、居たたまれない」

次々に新しい才能が生まれる業界で、次第に居場所を失うようになった。もがいても、もがいても、浮上できない。

「気が付くと四十代も半ばになっていた。表現の世界に、正直、疲れてしまってね。逃げ場が欲しくて、東京を引き上げた。夜間中学の存在を知ったのは、そんな時だったんだ」

大阪中の夜間中学に取材を申し込んだものの、理由が曖昧《あいまい》なせいか、門前払いばかりだった。

やっと受け容れてくれたのが、河堀夜間中学だった。

「識字クラスを見学させてもらうようになって。何というか、その」

校門の方に視線を向けて、用瀬はしんみりとした口調で続ける。

「あのクラスでは、誰もが、一文字、一文字を魂に刻むように覚えていく。五十音、どの文字も疎《おろそ》かにはしていない。翻って、私はどうだったのか、と。創作の世界で生きてきながら、自分は何て、文字や言葉を蔑《ないがし》ろにしてきたのか、と。そう思わない日はないんだ」

あ・お・ぞ・ら
用瀬の言葉が、あの日の授業風景に重なる。

両の瞳《ひとみ》が潤むのを悟られないように、さやかは、ただ黙って頷くばかりだった。


八月二十九日、河堀夜間中学では、二学期の始業式を迎えた。

「やっとや、やっと、授業が受けられる。勉強が出来るんや」

「何言うてんの。ほぼ毎日通ってたくせに」

二年三組の教室でも、生徒同士、そんな軽口を叩き合いながら、着席して教科書を開く。

済みません、お邪魔します、と教室の後ろの戸が開いて、用瀬が遠慮がちに入ってきた。

「お、モチ先生、えらい珍しいですやん」

健児が後ろを振り返って、声をかける。

「今日は一年一組と違うんですか」

「私も、できれば『先生』ではなくて『生徒』で居たいんですよ」

少し恥ずかしそうに、用瀬は打ち明ける。

「二学期には、このクラスで、社会科の授業を見学させてもらおうと思いまして。田宮先生にはお許しを頂いています」

宜《よろ》しくお願いします、と一礼する用瀬に、高齢の女生徒たちから歓声が上がった。

「モチ先生、ここ座って」「私の隣り、空いてるし」「こっちの方がええよなぁ、モチ先生」等と色めき立つ。

前の席の蕗子が、身体を捻じってさやかの方へと身を傾け、

「随分、柔らかい雰囲気になったやんねぇ、モチ先生」

と、耳元で囁いた。

「もともと優しくて穏やかやった、と思うけど」

さやかの反論に、蕗子はいやいや、と頭を振った。

「初めの頃は、何か迷い犬が居場所探してるみたいに、神経を尖らせてはったわ。まぁ、こっちも皆、構えてたんはあるんやろけど」

十日ほど前、用瀬と話したからこそ、さやかには彼の葛藤《かっとう》や考えを理解できた。けれど、そうした事情を一切知らない蕗子の、この洞察力の鋭さはどうか。

さすが、蕗子さんやわ、とさやかは内心、舌を巻いた。

「はい、皆、静かに。授業を始めますよ」

社会科担任の田宮が、両の手をぱんぱん、と打ち鳴らし、生徒たちの気持ちを引き締めている。


「モチ先生、これ、モチ先生の分」

補食の時間、蕗子が小籠包《ショーロンポー》を用瀬に差し出した。

「ありがとう。蕗子さんの小籠包は本当に旨いです」

その場で口に運んで、用瀬は目尻《めじり》に皺《しわ》をぎゅっと寄せた。

先生よりも生徒で居たい、というのは、用瀬の本心だったのだろう。二学期に入ってからは、補食の時間を二年三組で過ごすようになっていた。

「モチ先生、もういっそ、うちに入学したらええやないか」

「スアン、同ジ気持チ」

遠見とスアンに言われて、「それは」と、用瀬は言《い》い淀《よど》む。

牛乳を配っていた健児が、

「親父《おやつ》さんもスアンも、モッチーを困らせるんやないで」

と、さり気なく割り込んだ。

「モッチーは義務教育は済んでるから、夜間中学には入れてもらわれへん。けどな、取材でこない長いこと通うの許したんは、ええとこあるわ。うちの学校」

なぁ、サヤサヤ、と同意を求められて、さやかは、

「サヤサヤって呼ぶな。それに『モッチー』も大概、失礼やわ」

と、一喝した。

皆がわっと朗笑する中で、用瀬は健児から渡された牛乳瓶を手に、じっと考え込んでいる。急に口数の少なくなった用瀬のことを案じて、さやかは蕗子と眼差《まなざ》しを交わし合う。それに気づいたのだろう、用瀬は二人に固い笑みを向けた。

「そうなんだよね、この牛乳にしても、パンにしても、本当は受け取ってはダメなんだよ。でも、大目に見てもらってる」

補食はあくまで夜間中学に通う生徒たちのためのもので、部外者に振る舞うことは、本来ならば許されない。欠席した生徒の分を廃棄するよりはマシだから、という抜け道を、学校側に用意させてしまった。

「そもそも、思うまま自由に出入りさせてもらえることが奇跡なんだよ。でも、何時までも甘え続けて良いワケじゃない」

自らに言い聞かせるに似た語調で、用瀬は言った。

せやねぇ、と蕗子は浅くひとつ、頷いた。声音に寂しさが滲む。

「先生の中にも、生徒の中にも、規則から外れるんを、快う思わんひとも居ってやろから」

けど、とさやかは口を開きかけて、止《や》めた。

かつて、さやかが通っていた中学校には、例えば、ヘアピンからソックスに至るまで、守るべき厳しい校則があった。何もかもが規律第一で、そこからの逸脱は許されなかった。

河堀夜間中学校では、そうした縛りが極めて緩やかだ、と肌で感じている。そこには、教員から生徒への信頼があるように思われてならない。同時に、寄りかかり過ぎないように、との生徒側の配慮にも気づいていた。

用瀬の取材も、ここまで、という線引きが必要なのかも知れない。何より、そのことを一番わかっているのは用瀬本人だろう。

沈んでいく気持ちを奮い立たせるべく、さやかは、牛乳瓶を手に、立ち上がった。

「モチ先生、牛乳の正しい飲み方、知ってはりますか？　私も健児君から教わったんですけど、一緒にやりませんか」

戸惑う用瀬の腕を、さやかは強く引っ張る。遠見やスアンも笑いながら席を立ち、右手に瓶を持って、左手を腰に当てた。


九月十一日の朝、アメリカ合衆国に於《お》いて、同時多発テロが勃発《ぼっぱつ》。日本時間では夜遅かったこともあり、大きく報道されたのは、翌日からだった。

「ビルに飛行機が突っ込む映像、あれ、何遍もテレビで流すんは、止めてほしい」

「もうテレビ見んと、ラジオばっかりやわ」

戦争が始まるのではないか、との予感に、生徒も教師も戦々恐々としている。

二年三組で社会科の授業があったのは、その週の金曜日だった。半分開けた窓から、弱い雨音が続いていた。

「今回は、教科書の『第二次世界大戦』のところからです」

社会科の受け持ちの田宮先生が、「一九三九年～一九四五年」と板書してから、教科書を手に取った。

「色々と落ち着かへんけれど、まずは、過去に世界で何があったかを学んでおきましょう。では、教科書を開いて。今日は、遠見さんにトップバッターで読んでもらいましょうか」

田宮先生から指名されて、遠見はゆっくりと立った。

初めのうちは、大きな声で音読していた遠見だが、徐々に途切れがちになる。

「こうして、一九四五年に、ドイツ・日本が降伏し……第二次世界大戦は終結……」

ついに口を噤《つぐ》んでしまった生徒のことを、教師は訝しそうに見た。

「どないしたんや、遠見さん」

教師に問われて、遠見は教科書に目を落としたまま、

「先生、不思議やなぁ。不思議でしゃあない。こないして整然と文章で綴《つづ》られてしもたら、何やまるで他人事《ひとごと》や」

と、声を低めた。

静かな湖面に石を投げ入れたように、遠見の哀しみは小さな波を幾つも作り、教室中に広がっていく。

「ほんまやわ、確かに他人事や」

「空襲にB29、焼夷弾《しょういだん》……。そないな現実を、教科書に書いてあるたった数行から読み取ること

なんて、出来んわ」

高齢の生徒たちの台詞に、確かに、と田宮先生は唸《うな》った。

「私は一応、戦中生まれやけど、終戦の時はまだ四歳。戦争を知ってるか、と聞かれたら、ちゃんとは答えられません」

教師は生徒たちを見回して、

「今年で戦後五十六年。どうでしょうか、今日は予定を変えて、それぞれの戦争体験を聞かせてもらえませんか。私も含めて、戦争を知らん世代のために」

と、提案をした。

刹那《せつな》、まるでスイッチが入ったかのように、高齢の生徒たちが身を乗りだしたり、立ち上がったりして、

「大阪大空襲、あれは酷《ひど》かった」

「六月なんか、三遍も焼野原になったんや」

「兄貴が学徒動員で連れていかれてしもて」

「ソ連軍の戦車に追い駆けられたんは、今も夢に出てくる」

と、一斉に話し始めた。

「皆さん、頼みますから」

社会科の担任は、焦って、

「ひとりずつ話してくれへんやろか？　大事なことやさかい、しっかり聞かせてください」

と、懇願する。

ガタン、と音を立てて椅子を押しやり、遠見が、

「先生、何や腹の調子が悪いよって、早退させてもらいます」

と、腹を押さえてみせた。

「大丈夫やろか、遠見さん、保健室で診《み》てもらった方がええんと違いますか？　誰かについて行ってもらいましょか」

田宮先生の言葉に、「私が」と、用瀬が席を立つ。

要らん要らん、とばかりに手を振ってみせて、遠見は鞄を肩に教室を出ていった。常の陽気な面影はなく、萎《しお》れたような後ろ姿だった。

「どないしたんかなぁ、遠見さん。ほんまに元気がない」

案じるさやかに、蕗子は俯《うつむ》いたまま、

「戦争のこと、話すのも聞くのも、辛《つら》いんやないんかねぇ」

と、呟《つぶや》いた。蕗子の方こそが、辛そうな声だった。

「遠見さんは、確か、宮古島の出身」

言葉途中で、教師は顔色を変える。

「……沖縄やった」

はっ、とさやかは息を呑《の》み込む。

アガサの「戦争」の棚に並ぶ「ひめゆりの塔」や「あゝひめゆりの塔」のケースの写真が思い

浮かんだ。

幾度も題材にされ、リメイクされるのが不思議で、一度だけ、そのうちの二作を観たことがある。沖縄戦というものを、二本の映画で初めて知ったさやかだった。

幼い日に、遠見がその沖縄戦を体験していたとしたら……。

「地上戦こそなかったものの、宮古島は、度重なる空襲や艦砲射撃で焦土になったんですよ。マラリアも蔓延《まんえん》して、多くの人命が奪われてる。何で、そのことに思い至らんかったんか」

悔いる語調で言って、田宮先生は項垂《うなだ》れた。

「何十年経《た》ったかて、消えへん傷、消されへん傷はあるから」

蕗子の台詞が、重々しく響く。

戦争を体験した生徒たちが、深く、深く、頷いていた。


終業時間を過ぎても、雨はまだ続いている。傘を鳴らす力もないほどの、小雨だった。

蕗子は坂道の途中で立ち止まり、祠の方に向かって、手を合わせる。さやかたちも真似て、地蔵を拝んだ。

「遠見サン、病気？　スアン、心配」

「大丈夫や、って。明日になったら、元気になってるやろ……多分」

スアンと健児とが、先に坂道を上り始める。蕗子の祈りは常よりも長く、さやかと用瀬はそれを見守っていた。

「お待ち遠《どお》さん」

蕗子は言って、ふたりを促す。

しっとりと濡《ぬ》れたアスファルトから、夜の匂《にお》いが立ち上っていた。車道側を、蕗子を守るように、用瀬とさやかは横並びで歩く。

「消えへん傷、消されへん傷……。蕗子さんのあの言葉が、胸に刺さって」

まだ、この辺りに刺さったままだ、と用瀬は左手で胸をさすってみせた。

私も、とさやかは俯き加減で続ける。

「戦争のこと、映像でしか知らない私なんかには、計り知れない痛みなんやろな」

ふと、蕗子は足を止め、傘を傾《かし》げて、ふたりを見上げた。街路灯が、蕗子の顔に深い陰影を与えている。

私はね、と蕗子はゆっくりと唇を解いた。

「満州《まんしゅう》から日本に引き上げる途中で、親と逸《はぐ》れて孤児になった――ひとにはそう話してるけど、ほんまは違うんよ」

さやかと用瀬は眼差しを交わし、ふたりして蕗子の方へと向き直った。

蕗子は傘を外して、暗い空を仰ぐ。弱い雨が、老女の決意を促すのを待つかのように。

やがて、蕗子は深く息を吸い込むと、そっと吐き出して、語り始めた。

「母と二歳の弟、それに私。母は弟を抱き、私の手を引いて、ともかく延々と歩いて逃げてたんよ。そこまで行けば日本に戻れる船がある、という噂《うわさ》だけを信じて。私らの他にも、同じように逃げる親子が、何組も居てた」

　戦車に追われる、という恐怖も味わったが、食べるものがないのが一番つらかった。

「三人とも、枯れ木みたいに、やせ細ってねぇ。今でいう栄養失調や」

　感情を押し殺して、蕗子は続ける。

「あの日も、雨が降っていた。こない弱々しい雨やった。私は何かに躓《つまず》いて転んで、立ち上がれんでね。助け起こしてもらおう、と思うて、母に手を伸ばしたんよ。けど、母は」

　母親は息子を深く抱き直すと、思い詰めた眼で娘を見た。ひと言も、発しなかった。唾を呑み込む音だけが、蕗子の耳に届いた。

　どれほどそうしていたのか、蕗子には、ひどく長く感じられた。不意に、母は蕗子に背中を向けるなり、逃げるようにその場を立ち去った。何処にそんな力が残っていたのか、と思うほどに速足だった。我が身に起きたことが理解できず、幼い蕗子はただ、手を伸ばして母を求めるばかりだ。しかし……。

「母は弟を抱えたまま、ただの一遍も、振り返らんかったんよ」

　……置き去り。

　さやかは両手で口を塞《ふさ》ぐ。そうしなければ、叫びだしそうだった。

　用瀬は無言で、自分の傘を蕗子に差し掛ける。ポケットからハンカチを出すと、蕗子の濡れた髪をそっと拭《ふ》いた。

　ありがとうね、モチ先生、と蕗子は用瀬の手からハンカチを受け取った。

「幸い、子どもの居ない中国人夫婦に拾われて。養父母が、それはそれは大事に育ててくれた。せやから、私はまだ幸せな方やわ」

どうにもやるせなく重苦しい告白に、ふたりはただ、押し黙るよりほかない。辛い沈黙に寄り添うように、雨は降り続いていた。

蕗子さん、とさやかは思い詰めた声を上げる。

「お母さんを……お母さんのこと、恨まへんかったん？」

もしも、自分が蕗子の立場だったなら、おそらくは恨んで、恨んで、一生を恨み通すだろう。そう思って、さやかは身を震わせる。

「それは……」

濡れたハンカチを手の中に握りしめると、蕗子は真《ま》っ直《す》ぐにさやかを見た。

「全然、と言えば、嘘《うそ》になる。家族として十年分、幸せな記憶が仰山《ぎょうさん》あったからね。けど、愛情深かった母親に、そないな行動を取らせるしか、生き延びる道がなかった——それこそが、私にとっては戦争の惨《むご》さやと思う」

用瀬が、深く、深く、頷いている。

双眸《そうぼう》から溢れ出た涙を、さやかは左右の掌で乱暴に拭《ぬぐ》った。だが、涙は堰を切ったように流れ続けて、止まらない。

「ふたりとも、聞いてくれてありがとうね」

蕗子は言って、傘の柄を持ち直した。そして、泣いているさやかに、穏やかな眼差しを向ける。

「さやかちゃん、ひとは弱いし、家族の絆《きずな》は脆《もろ》い。私はつくづく、そない思うんよ」

親子の縁は、殊更に深い。しかし、縁を理由に絆を守り切れるほど、ひとは強くはない。思いもよらぬ力が加わった時、その絆は、呆気なく解けてしまうものなのだ。

けどね、と蕗子は優しく続ける。

「その弱さや脆さを受け容れて、初めて、人は強うなれるし、家族とも深く結ばれるように思う」

蕗子の言葉は、弾丸のように、さやかの胸を撃ち抜いた。

鉄の弾《たま》ではない、温かで優しい寛容の弾だった。蕗子の想いが、さやかの頑《かたく》なな心を溶かし、包み込んでいく。

# 第五章　明日の夢

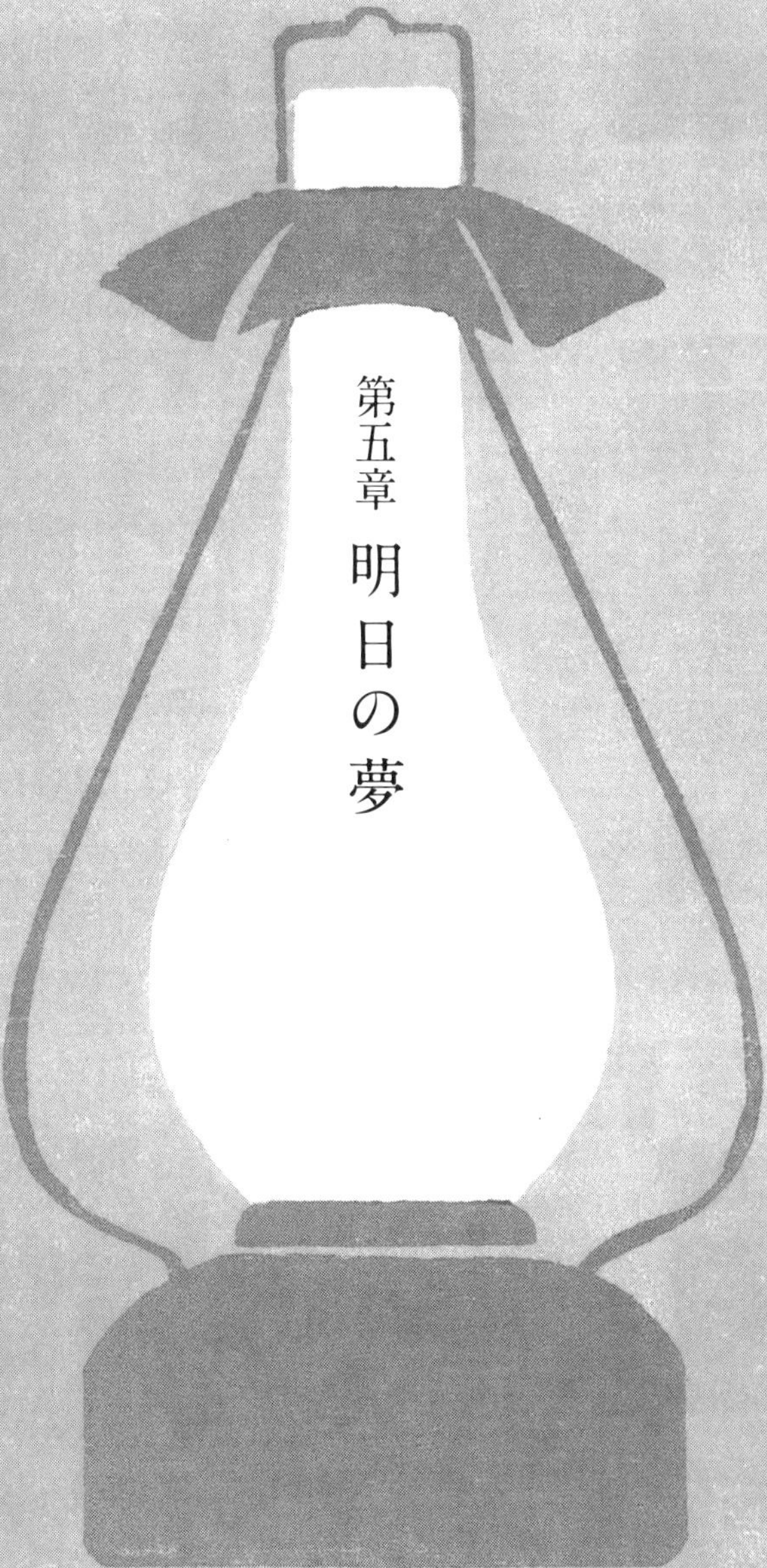

九月も残り六日となった。

月曜日が秋分の日の振替休日だったため、生徒たちにとっては、三日ぶりの登校になる。

「モチ先生、ほんまに来ぇへんのやねぇ」

「先週、最後の挨拶《あいさつ》しはったから。けんど、文化祭とか、発表会とか、イベントの時は来てくれるんと違う？」

用瀬のために空けてあった席を見て、生徒たちは寂しさを隠さない。

――先生方、私の身勝手を許し、今まで黙って見守ってくださって、ありがとうございました。生徒さんたち、一緒に過ごせた時間は、私の宝物です。

連休前、全校集会の場で、用瀬はそう言って、深々と頭を下げた。

識字クラスの生徒たちの中には、泣きだす者も居たが、晴れやかで、何処《どこ》か自信に満ちた用瀬の表情に、拍手が起きていた。

「気持ちよう送り出したものの、やっぱり寂しいわ、モチ先生が居らんと」

「私らみたいな年寄りにも優しい、ええ男やったもんねぇ」

女生徒たちは、如何《いか》にも名残惜しそうに話す。

前の席の蕗子が、くるりとさやかを振り返り、声低く囁《ささや》いた。

「漫画の世界で、描《か》いておきたいことが見つかった——モチ先生、私らには、そない打ち明けてくれはったねぇ」

最終日、何時《いつ》ものように皆で連れ立って帰る時に、用瀬はさやかたちに、そう明かしていた。

「モチ先生のために、何も出来へん。ただ、応援することしか、出来へんのやけど」

何とか気張ってほしいねぇ、と蕗子は切なげに洩らした。

——多分、私たちは、似たような学生時代を送ったんだと思うよ
——自分は何て、文字や言葉を蔑《ないがし》ろにしてきたのか、と。そう思わない日はないんだ
用瀬の声が、さやかの耳の底に残る。

似たような経験をし、識字クラスの授業風景で同じことを思った。そんな用瀬が一歩前へと踏みだしたことが、さやかには嬉《うれ》しく、そして眩《まぶ》しい。

始業チャイムが鳴り終わり、遠見が、

「さあ、一時間目は、大好きな数学やで」

ほんまに好きで好きで、と自棄《やけ》っぱちに叫んでいる。

店内に流れるFMラジオでは、リクエスト曲が、軽快なテンポを刻んでいる。

「さやかちゃん、こ、これは……」

色紙を持つ緒方の手が、わなわなと震えだした。

サイン色紙の為書《ためが》きは「レンタルビデオショップ『アガサ』 緒方弘明《ひろあき》さま」。サインの文字は几帳面《きちょうめん》な筆跡で「用瀬裕」とある。

「こここ、このイラスト……『ハイスクールぶるうす』の主人公のガッチやんか」

はい、とさやかはにこやかに頷《うなず》いて、

「用瀬さんに、バイト先の店長が大ファンで、本も店長から借りて読んだ、と話してたのを覚えてはったんですね。最後の日に色紙をお願いしたら、店長の名前を聞かれて、これを描いてくれはったんです」

と、色紙を示した。

緒方はサイン色紙を胸に抱き締めて、感無量になっている。

「ほんま、おおきに。緒方家の家宝にするわ。さやかちゃん、お礼に何ぞ、ご馳走《ちそう》させてもらわれへんかなぁ」

「そんなん、要りませんって」

両手を振って明るく断ったあと、「あ、せや」と、さやかはぽん、と軽く手を打ち合わせた。

「うちの学校行事は、家族とか友だちとかの参加もOKなんです。来月の終わりに、遠足があるんで、店長、良かったら一緒に行ってもらえませんか？ 絶対、楽しいですよ」

「遠足かぁ、ええなぁ。昔は、母親が必ず巻《ま》き寿司《ずし》を持たせてくれたもんや」

緒方は懐かしそうに言ったあと、

「一緒に参加したいんは山々なんやけど、店、抜けられへんからなあ」

と、残念がった。

なるほど、さやかが休みの上に、店長まで抜けるとなると、たとえ数時間でも店を閉めねばならない。

「そうですよね、考えなしに誘って、済みません」

詫《わ》びるさやかに、緒方店長は、何でもない、という風に、首を軽く左右に振る。そして、暫《しばら》くの思案の末、少しばかり躊躇《ためら》いの混じる声で、

「なぁ、さやかちゃん、それやったら、ご両親を誘ったらどやろか」

と、提案した。

返す言葉に詰まって、さやかは口を噤《つぐ》む。

先達《せんだつ》ての蕗子の打ち明け話を聞いて以来、さやかは両親にどうすれば歩み寄れるかを、考え続けていた。しかし、まだ答えは出ない。

黙り込むさやかに、緒方は何かを言いかけて止《や》め、代わりに温かな眼差《まなざ》しを向けた。

河堀夜間中学校では、入学時期として、四月と九月の二回を設けている。

どうしても、中学進学と言えば春のイメージが強いせいか、九月末に入学を希望する者はとても少ない。

「春の式典の時は盛大やったけど、秋口は寂しいことやったなぁ」

カレンダーが十月に変わったある日、遠見が物悲しそうに言った。

「夜間中学の存在自体を知らないひとも、一杯居ると思うよ。私もそうやったし」

遠見を慰めつつ、さやかは改めて思い返す。

アガサで働いていなければ。

あの日、「学校」というビデオを、客が探していなければ。

校門脇《わき》の掲示板で、ポスターを目にしなければ。

校庭で、体育の授業をしていなければ。

蕗子さんに、引っ張って来られなければ。

色々な偶然に導かれて、夜間中学に辿《たど》り着くことが出来た。

「ちょっと堪忍ね、横を通りますよ」

重そうな紙袋を両腕に掛け、さらに積み上げたバインダーを抱えて、養護教諭の鈴木が、さやかたちを追い越そうとしていた。

「えらい荷物やなぁ」

「鈴木先生、手伝います」

遠見とさやかが手を伸ばして、教諭の腕からバインダーを取り上げる。前を歩いていた健児と蕗子も、手を貸すために戻ってきた。

保健室は、校舎三階の一番端にある。

「あれ？」

先頭に立って、階段を上りきったさやかは、束の間《つかのま》、歩みを止めた。保健室の前に、三年生と思《おぼ》しき男女が二人、人待ち顔で並んでいる。

「堪忍ね、待たせてしもて」

鈴木先生は小走りで保健室へと急いで、「今、鍵《かぎ》を開けますからね」と、ポケットから紐《ひも》付きの鍵を引っ張り出した。

「じきに担任の先生も見えますから。そしたら、一人ずつ、入ってもらいますね」

預かっていた荷物を保健室に運び入れたあと、さやかたちはすぐに外へ出る。廊下には、また新たに二人分、列が伸びていた。

養護教諭の鈴木は面倒見がよく、生徒たちから慕われている。そのせいか、体調不良ばかりでなく、ちょっとした困りごとの相談のために、保健室を訪れる者も居る。しかし、廊下にまで並んで待つ、というのは、これまで目にしたことがなかった。

後ろを振り返り、振り返りして、さやかは蕗子に尋ねる。

「保健室、えらい盛況やけど、何かあるんかなぁ？」

「三年生の進路相談が始まったんよ」

蕗子の返答に、「進路相談？」とさやかは首を傾《かし》げた。

進路相談を、保健室でするのか。

さやかの疑念を察して、蕗子は、

「こっちの校舎には『進路相談室』いうんが無いからね。職員室や教室でするより、保健室の方が話し易《やす》いし」

と、解き明かした。

保健室の前に行列が出来るのは、この時期の河堀夜間中学校の風物詩とのこと。

「そっか、進路相談か……」

もう十月。三年生にとっては、本腰を入れて進路を考えるべき時期なのだ。

一年後、自分もあそこに並ぶことになるのか。その頃には、将来について、どんな風に考えるようになっているのだろうか――さやかは、ぼんやりと思った。


「蕗子サン、オムスビ、美味《オイ》シイ」

二年三組の教室、机同士をくっつけた即席テーブルで、スアンが幸せそうに握り飯を頬張《ほおば》っている。

「今日のは新米やからね、特別美味しいはずやわ。沢山、おあがりよ。スアンちゃん」

こっちは鮭《さけ》入りや、と蕗子が差し入れのお結びをもう一つ勧める。

健児が豪快に握り飯を食べ、

「お結びに牛乳が案外合うって、ここ来て初めて知ったわ」

と、喉《のど》を鳴らして牛乳を飲み干した。

「進路なぁ……」

保健室での光景を思い出したのか、遠見が珍しく真顔になっている。

小学校の六年間、中学校の三年間、合わせて九年。義務教育未修了者を受《う》け容《い》れる夜間中学では、最長で九年、学ぶことができる、との不文律があった。

当人の学力や抱える事情などもあり、何年で卒業するかは、生徒によってまちまちだった。蕗子は四年、遠見は六年、正子《チョンジャ》ハルモニは七年、この夜間中学に通っている。

「わしらも、そろそろ考えておかんと」

学ぶ以上は、きちんと卒業証書を手にして羽ばたいていきたい。

確かに、とテーブルを囲む者たちは、一斉に頷いた。

「私はね」

手にしていた握り飯を竹皮に戻して、蕗子はすっと背筋を伸ばした。

「私は、定時制高校へ行って、できることなら大学にも進学して、歴史を勉強したいなあ、と思うてんのよ」

「蕗子さん、凄《すご》い」

蕗子の告白に、さやかは思わず感嘆の声を洩《も》らす。

「ほんまに凄い、そこまで考えてるんや」

「まぁ、夢やけど」

蕗子はそう言って、照れてみせた。

健児君、とさやかは向かいに座っている同級生に尋ねる。

「健児君は進路、どう考えてるん？」

「俺《おれ》は勉強には全然、興味がないんや。腕を磨いて、今ついてる親方みたいな、一流の料理人になる」

絶対になったるわい、と力強く言った。

「それはそれで、カッコええわ、健児君」

「ふっ、俺に惚《ほ》れんなや、サヤサヤ」

サヤサヤって言うな、と健児を小突く素振りをしたさやかだが、蕗子には蕗子の、健児には健児の、各々の矜持《きょうじ》が垣間見えて、ただただ感心するばかりだ。

「夢でええなら、わしはな」

遠見がうっとりとした口調で続ける。

「美術学校へ行って、画家になりたい」

遠見の一言に、居合わせた全員が「ええっ」と驚愕《きょうがく》の声を揃《そろ》えた。

「遠見さん、それは……」

「サヤサヤが言うならわかるで。けど、あの破壊力のある絵で、それはないわ」

一同に突っ込まれて、遠見は「ピカソと一緒で、天才は理解されへんなぁ」といじけた。

朗笑する仲間の表情を、ひとり、ひとり、眺めて、さやかは「なら、私はどうなのか」と自問する。

義務教育を終えたあと、何かを学びたい、何かを叶《かな》えたい、という夢はあるのか——容易には、答えは見つからなかった。

「十月にしては、夜も暖かいねぇ」

授業を終え、校門を出たところで、蕗子が「昨日がえらい寒かったから、今日はありがたいわ」と、自転車に跨《また》がった。

孫のひとりが風邪《かぜ》で熱を出したそうで、心配だから、と力一杯ペダルを踏み込み、瞬《また》く間に去っていった。

さやかはスアンと並んで、その後ろ姿を見送った。

「あ、遠見さん、健児君」

扉越し、遠見と健児がほかの男生徒たちと階段を下りてくるのが見えた。同級生だけでなく、別の学年の男性も交じっている。

さやかとスアンは、ふたりに手を振って、

「一緒に帰ろう」

と、誘った。

「さやかちゃん、スアンちゃん、堪忍やで」

さやかたちのもとへ大股で近寄って、遠見は手を合わせてみせる。

「これから仕事やねん。朴《パク》さんが怪我《けが》で難儀してるそうやから、皆で工事現場、手伝いに行くことになってなぁ」

「そっかぁ」

健児も助っ人《すけと》に加わるのだろう、「ほなな」と軽く手を上げてみせた。

スアンと並んで、駅へ向かう。信号待ちの間に、あとから来た高齢の女性たちと並んだ。

スアンがぴょこん、と頭を下げる。同じ識字クラスの仲間らしかった。

「段々、勉強が難しいなるねぇ」

「早う字ぃ覚えて、孫に手紙書けるようになりたいし。いつかは、新聞も読めるようになりたい。頑張らななぁ」

そんな遣り取り《やりとり》を聞きながら、信号が青になるのを待つ。

「今日は体育の授業で、汗かいてしもたわ」

「私もや。病院に戻る前に、銭湯でさっぱりしよか」

信号が変わって、横断歩道を歩いていく二人の背中を、さやかは黙って見つめていた。

夜間中学に通う生徒たちの生活状況は、さまざまだ。

土木工事、清掃作業、病院の付き添い、あるいは、それらの掛け持ち。厳しい労働に耐えて、学校に通う生徒たちも多い。中には、たった五分しか教室に居られないのに、往復一時間をかけて通う生徒も居る。その五分で文字をひとつ覚えて、また仕事へ戻るという。

校門を一歩出れば、逃れようのない生活の苦労が待っている。それでも、学びの中に夢を育んでいる仲間たち。

せやのに、私は……。

さやかは、ぐっと唇を引き結んだ。

アルバイトはしていても、住む家はもとより生活全般を親に頼って生きている。親との距離の取り方がわからない、と言いつつ、その扶養から離れず、家を出て一人で生きていくことを試みてもいない。

あかんなぁ。ほんまに、あかん。

「サヤカ」

名を呼ばれ、腕にそっと触れられて、さやかはハッと我に返る。並んで歩いていたスアンが、さやかの顔を覗《のぞ》き込んでいた。

「サヤカ、元気ナイ。ドコカ悪イカ？」

コンビニエンスストアから洩《も》れる明るい照明が、スアンの心配そうな表情を照らしだす。ずっと押し黙って歩いていたので、案じてくれたのだろう。

「何でもないよ、スアン。大丈夫」

元気、元気、と両の手を拳《こぶし》に握って小さく上下に振ってみせた。

スアンはさやかをじっと見つめて、

「サヤカ、明後日《アサッテ》、日曜日。ウチニ遊ビニ来ルカ？」

と、誘った。

「え？」

突然の申し出に、さやかはおろおろと狼狽《うろた》える。学校以外で、級友たちと何処《どこ》かへ行ったこともなければ、自宅に招かれたこともない。

「一緒ニ御飯、食ベルカ？　一緒ニ食ベル、元気デル」

明瞭《めいりよう》に言って、スアンはさやかの腕を軽く揺さぶった。

元気のない友を何とかして慰めよう、と思ってくれたのだ。さやかには、スアンの優しさが身に染みて嬉しかった。

ありがとね、スアン、とその腕を握り返す。

「行く行く！　絶対に行く！　夕方、バイトが終わったら、飛んで行くし！」

ＯＫ、とスアンは、蕗子がよくやるように親指と人差し指で丸を作って、

「スアン、住所カク。明後日、駅マデ迎エニ行ク」

と、破顔してみせた。


週末は家でゆっくりレンタルビデオを見て過ごす、という利用客が増えて、新作ビデオの返却は日曜日の夕方が多い。

「さやかちゃん、そろそろ上がって」

壁の時計を気にしていた緒方店長が、さやかを小声で促した。これで二度目だった。

「まだ大丈夫です」

同じく小声で、さやかは応《こた》える。

返却されたテープに破損がないか、きちんと巻き戻されているか、一つ一つチェックするため、手間がかかる。店長一人に押し付けられなかった。

「あかん、あかん」

緒方は、さやかの手からビデオケースを取り上げる。

「夜間中学の同級生の家に、初めてお呼ばれする、大事な日ぃやんか。手土産《てみやげ》も用意せなあかんやろ？　遅うならんうちに、行かんと」

楽しんどいで、とさやかの背中を押した。

店長の好意に甘えて、身仕度を整え、アガサをあとにする。

地下鉄で二駅先に、店長お勧めの美味しいケーキ屋があった。色々なケーキを詰め合わせてもらい、持ち重りのする箱を抱えて、店を出る。

夕映えも暇《いとま》を告げ、そろそろ薄暗くなり始めていた。昼間よりもぐっと気温が下がり、季節が少し動いたことを実感する。

「ケーキ買ったし、あとは、お花とかかな。それとも、ワインとかの方がええんかなぁ」

学齢期に中学に入って以後、友だちの家に招かれたことも、遊びに行った経験もなかった。手土産は何が良いか、母親に相談しようか、と思ったが、出来ないままだった。

花かワインか、決めかねて、駅への近道を歩いていた時だ。

「この、阿呆《あほ》んだらぁ！」

いきなりの罵声《ばせい》が、耳に飛び込んできた。

料理店の勝手口と思しきところで、白の調理衣姿の男が、若い男の胸倉《むなぐら》を摑《つか》んで、壁に押し付けている。

「醤油《しょうゆ》は冷蔵しとかんかい。何遍いうたら、覚えるんや」

「済みません」

さやかの位置からは、詫《わ》びている短髪の男性の顔が、外灯の明かりではっきりと見えた。

あっ、とさやかは息を呑《の》む。

健児だった。

抗《あらが》うこともせず、健児は相手から突き飛ばされて、地面に転がった。

「親方に目ぇかけてもろてるからて、お前、ノボせるんやないで」

料理人は下駄《げた》で健児を足蹴《あしげ》にし、「この役立たず」と捨て台詞《ぜりふ》を吐いて、勝手口の奥へと消える。入れ替わりに、別の男が顔を覗かせ、

「おい、健児、そんなとこで寝とらんと、さっさと本店に器、届けんかい」

と、声高に命じた。

健児がひとりになったのを確かめて、さやかは自動販売機の陰から飛び出し、彼のもとへと駆け寄る。

腰を押さえて蹲《うずくま》っていた健児は、さやかに気づいて、「あああ」と、妙な声を発した。

小回りの利く、軽ワゴン車。後部座席には重箱や小鉢、刺身皿などを収納したケースが詰まれていた。健児は、これから日本橋の本店まで、器を運ぶのだ。

「俺《おれ》、めっちゃ、カッコ悪ぅ」

運転席の健児が、吠《ほ》えている。

「カッコ悪いとこ、見られてしもたで、ほんま」

吠えるだけ吠えると、先刻から黙り込んでいる助手席のさやかに、

「駅まで送ったる代わりに、誰《だれ》にも言うなや。口にチャックすんねんで」

と、語調を強めた。

安全運転を心がけているのだろう、左右を軽自動車やバイクが、すいすいと追い抜いていく。

「……いっつも、あんな目ぇに遭《お》うてるん？」

口頭で済むのに、暴力でねじ伏せようとする——あまりに理不尽で、さやかには我慢がならなかった。

「辞めたい、と思わへんの？」

さやかの問いかけに被《かぶ》せるように、

「絶対、辞めへん。辞めてたまるかっ！」

と、健児が即答する。

「一人前の料理人になって、本店の板場に立つ。それが、俺の夢なんや」

ハンドルを握るその横顔を、そっと見やれば、強固な意志が宿っていた。

そう、とさやかは小さく相槌《あいづち》を打つ。

「けど、何で料理人なん？　それを目指そうと思った、何かきっかけがあるん？」

級友からの質問に、健児は少し考えて、腹を決めた体で口を開いた。

「中学生の頃《ころ》からグレてしもてな。あちこちに牙剝《きばむ》いて、野犬みたいやったんや、俺」

十代の終わり、その料理屋の本店の前で、はでな喧嘩《けんか》をした。

通りすがりに肩がぶつかったとか、何とか。今となっては喧嘩の原因さえ定かではない。

二対一、殴られ放題になり、かっと頭に血がのぼって、尻《しり》ポケットに忍ばせていた折り畳みナイフを取り出した。

「ロックを外して、刃が剝き出しになった時、そこの親方が飛び出してきて、俺の腕を捩《ね》じ上げて、一喝《いっかつ》したんや。『刃物はひとを刺すもんやないで』ってなぁ」

そら、カッコよかったわ、と健児は何処《どこ》か誇らしげだった。

荒ぶる健児を、親方は店の中へ招き入れ、何も聞かず、何も言わず、傷の手当てをし、熱いお茶と賄料理を振る舞ってくれたという。

「牛蒡《ごぼう》の端やら人参《にんじん》の皮やらのクズ野菜を使うた、熱々のかき揚げ丼やった。たかが賄のくせに、しかも、クズばっかりやのに、その旨いこと言うたら……」

何や泣けてくるほどやった、と健児はほろ苦く笑う。

「親方と出会うたんがきっかけで、料理人を目指すようになった。けど、調理師の資格を取るのに、中卒の学歴が要る」

中学を卒業していなければ、調理師試験の受験資格さえ与えられない。だから、河堀夜間中学に通っている、と健児は話した。

「健児君、偉いなぁ」

全《すべ》てを聞き終えて、さやかはふーっと長く息を吐いた。

「ちゃんと自分の夢を持ってて、真《ま》っ直《す》ぐ、それに向かって行ってて……ほんまに偉いよ」

私なんか、まだ、何もないもん、と溜息《ためいきま》混じりに洩らした。

目的地の駅が近づくに連れ、交通量が増えて、道が混み始めた。さやかは黙り込み、健児も無言でハンドルを握った。

スアンの自宅の最寄り駅、そのロータリーの車寄せに、健児は軽ワゴン車を停《と》めた。

「どうもありがとう」

車を降りて、窓越しに運転席の健児に礼を言う。

健児は、窓からひょいと顔を覗かせた。気のせいだろうか、さやかを見るその眼差しに、苛立《いらだ》ちが滲《にじ》む。

「サヤサヤ、自分で気ぃついてるか？　いっつも誰かと比べて、勝手に落ち込んでるん」

図星だった。

吸い込んだ息を吐き出せなくなり、さやかは立《た》ち竦《すく》む。

そんな級友に、料理人見習いは、

「お前はお前やん。それでええやん」

なぁ、と念を押すように言い添えて、ぐっと親指を立ててみせた。

サヤカ、サヤカ、とスアンの呼ぶ声が聞こえる。人波を縫って、こちらに駆けてくるスアンの姿が目に映る。

「お、スアンや。ほなな」

また明日、学校でな、と健児は言い置いて、車を発進させた。

「サヤカ、ヨク来タ」

息を切らせて、スアンはさやかに駆け寄った。

原田《はらだ》、という表札の掛かった、平屋の一戸建て。住宅街の一角にある、慎ましい建売住宅が、スアンと夫の住まいだった。

妻の帰りを、今か、今か、と待っていたのだろう。ふたりが玄関ポーチに立った途端、扉が開かれて、男性が現れた。

「ダーリン、タダイマ」

「お帰り、スアン。いらっしゃい、さやかさん。初めまして」

スアンの夫は、にこやかに妻とその友人とを出迎える。

白髪交じりの髪に、太い眉。目尻と口もとに、深い笑い皺《じわ》が刻まれている。穏やかな人柄の滲む風貌だが、さやかが思っていたよりも遥《はる》かに年上だった。

さやかの父親くらいだろうか。スアンとは随分、歳《とし》が離れている。

「は、初めまして。潤間さやかと申します。お邪魔します」

緊張するさやかに、原田はにこにこと、

「お待ちしてました。外は少し冷えたでしょう。さあ、中へ」

と、優しく招き入れるのだった。

ヒーターで緩く暖められたリビング。調度品は多くなく、すっきりと片付いている。チェストの上に、写真立てが幾つも並べられていた。

続きのダイニングのテーブルには、春巻きやサラダや麺《めん》など、色とりどりの料理がふんだんに並んでいる。

「うわぁ、凄い！」

勧められてテーブルについたさやかは、思わず歓声を上げた。

「これ、全部スアンが？」

「『フォー』ダケ」

うどんに似た麺料理を示して、スアンはちょこっと舌を出した。

「アト全部ダーリン。スアンヨリ料理ジョーズデス」

スアンに褒められて、原田は大いに照れてみせる。

「長い間、ベトナムの工場に、自動車技師として派遣されてまして。あちらの料理に、すっかり目覚めましてね」

ベトナム料理尽くし、とのこと。さやかにとっては、初めての料理ばかりだ。

「揚げ春巻きに似たものは、チャーゾー。ヌックマムというベトナムの調味料を少しつけてみてください」

お口に合えば良いのですが、と原田は小さな皿に醤油に似た調味料を注いだ。

言われた通り、春巻きに少しだけヌックマムをつけてから頰張る。エビや豚ミンチ、春雨にキクラゲなど、具がふんだんに入っているのに、さくさくと軽い食感が堪《たま》らない。

美味しさに身を捩《よじ》るさやかを見て、スアンと原田は幸せそうに目交ぜしている。

熱々のフォーやパインミーというサンドウィッチ、オムレツに似たバインセオ。初めて出会う味ながら、何処か懐かしくて、箸《はし》が止まらなかった。

「ご馳走《ちそう》さまでした」

どれも美味しかったです、とさやかは手を合わせる。

「一杯食ベテクレテ、嬉シイ」

今、コーヒー淹《イ》レテクル、とスアンは軽やかに立ち上がった。

リビングに移って、コーヒーを待つ間、原田はさやかに、

「入学したばかりの頃、スアンはあなたのことを、『アップルさん』と呼んでいたんですよ」

と、打ち明けた。

右も左もわからない日本の中学校で、最初に出会った新入生。スアンにとって、「アップルさん」の存在がどれほど心強く、嬉しかったか。

「私からも感謝の気持ちを伝えたい、と思ってました」

原田は居住まいを正し、「ありがとうございます」と深く額《ぬか》ずいた。

父親ほどの年齢のひとから、丁重な挨拶を受けて、「そんな」とさやかは恐縮する。仕切られたキッチンからは、スアンの陽気な鼻歌が聞こえていた。

「彼女が生まれ育ったのは、大湿地の貧しい村です。一日百円にも満たない賃金で、私の勤務地の農場に働きに来ていたんです」

スアンの鼻歌に耳を傾けて、原田は静かに続ける。

「ドイモイ政策により暮らしが楽になった者も居れば、より貧しくなった者も居る。スアンの村は後者で、あの子も随分な苦労をしたようです」

知らなかった、スアンのこと、何も。

俯《うつむ》くさやかに、原田は一転して茶目っ気のある口調になった。

「結婚相手がこんなオジンで驚いたでしょう？」

図星を指されて、「うっ」とさやかは固まった。

原田はにこにこと笑って、チェストの上の写真立てに目を向ける。

民族衣装のアオザイを着て、微笑《ほほえ》んでいるスアン。面差しの似た大勢の家族に囲まれるスアン。結婚式と思しき写真も在《あ》った。

「技術畑の仕事一筋で生きてきました。社交的でもないし、気の利いた会話が出来るわけでもない。もう、家庭を持つことなど諦《あきら》めていたんです」

幼い弟や妹たちのために、アメダマノキの実を捥《も》いでいた娘。泥や汗に塗《まみ》れながら、蓮《はす》の花のように清らかだった。年甲斐《としがい》もない、と思いつつ、強く、強く、心を惹《ひ》かれた。

片言のベトナム語を駆使して、話しかけた。以後、会えば挨拶を交わすようになり、少しずつ、会話も増えていった。ベトナムは、原田にとって、技師としての務めを全うする国に過ぎなかったはずが、スアンを知ることで、情景の美しさや、そこに暮らすひとびとの温かさに、改めて気づかされたという。

「帰国が決まった時、思いきって、気持ちを打ち明けました。断られて当然だと……。けれど、あの娘《こ》は来てくれた。ベトナムから、私と一緒に、この日本へ」

問わず語りの最後を、原田は、

「大切に……大切にしないとバチがあたります」

という言葉で結んだ。想《おも》いの溢《あふ》れそうな声だった。

カチャカチャ、と器の触れ合う音とともに、スアンが、

「コーヒー、デキタヨ」

と、大きなトレイを持って、キッチンから戻った。トレイには耐熱ガラスのコーヒーカップが三つ。ほかにケーキ皿とさやかの手土産のケーキの箱が載っている。

スアンから重いトレイを取り上げ、原田はすーっと珈琲《コーヒー》の香りを胸深く吸い込んだ。

「……良い香りだ」

ありがとう、と妻に礼を言うと、原田はカップをそれぞれの前に置いた。

「あれ、二層になってる……」

器を目の高さに持ち上げて、さやかは目を丸くする。

沈んでいるのは練乳で、ベトナムでは、濃く淹れた珈琲とよく合うので、好まれる飲み方だとのこと。添えられたスプーンでよくかき混ぜて、まずはひと口。珈琲キャラメルに似た、コクの

ある深い甘さだ。

「ああ、美味しいなあ。スアン、美味しいよ」

ありがとう、と原田は妻の双眸《そうぼう》を見て、これ以上はないほどの幸せそうな笑みを零《こぼ》した。

良カッタ、と応えるスアンもまた、至福の笑みを浮かべている。

歳の差も国籍の違いも、お互いを想い合うふたりにとっては、何の枷《かせ》にもならないのだろう。

そうした相手と出会えることは、恋愛経験のないさやかには、奇跡に近いと思われる。スアンの摑んだ幸せが、さやかには身に染みて嬉しく、ありがたかった。

気づけば、掛け時計は九時少し前を示している。

「あっ、もう、こんな時間」

あまりの楽しさについ、時の経《た》つのを忘れてしまった。長居を詫びて、さやかは暇を告げる。

スアンは後片付けを夫に託して、さやかを駅まで送るという。

住宅街の夜は、しんと静かだった。街路灯が規則正しく並ぶ夜道を、ふたり、ゆっくり歩く。

「ダーリンに教えてもらったんやけど、『スアン』って、ベトナム語で『春』いう意味なんやってね」

スアンにぴったりやわ、と告げると、スアンははにかみつつも、「ウレシイ」と笑った。

少し先にチェーン店の珈琲店、その奥には、大通りに架かる歩道橋が見えている。ここまで来れば、駅は近い。徐々に、人通りも増えてきた。

「スアン、もうここでええよ。あとはわかるし」

さやかはスアンに向き直って、

「今日はほんまにありがとう。めっちゃ、楽しかったあ！」

と、満面に笑みを湛《たた》えた。

友だちの家に招かれることも、心の籠《こも》った手料理を振る舞われることも、今まで経験がなかった。同じ食卓を囲み、料理に舌鼓を打ちながら、会話に花を咲かせる。それだけで、心も身体《からだ》もエネルギーが満杯になった気分だ。

ほんまに楽しかったあ、と繰り返すさやかに、スアンも嬉しそうだ。

「サヤカ、元気。スアン、幸セ」

スアンは、両腕を真っ直ぐに友へと伸ばす。

そして、さやかの身体へ腕を回すと、躊躇《ためら》うことなく、そっとハグをした。

「サヤカ、初メテノ友ダチ」

ふわり、と優しい香りがした。

ハグの経験のないさやかは、がちがちに身を強張《こわば》らせている。

「大事ナ、大事ナ友ダチ」

スアンは両の手でさやかの背中を撫でて、

「サヤカ元気ナイ、スアン心配。サヤカ笑ウ、スアン幸セ。アリガト」

と、今度はぎゅっと腕に力を込めた。

スアンの優しさ、相手を慈《いつく》しむ心が、肌の温《ぬく》もりとともに、さやかの胸に雪崩《なだ》れ込む。

そうか、友だちって、こうなんや。

こうやったんや。

ありがとう、と言葉にする代わりに、さやかもまた、友の身体に両腕を回して、ぎゅっと抱き締めた。

近くのホールでコンサートが終わったのか、一気に人波が押し寄せる中、さやかはスアンと別れて、歩きだした。歩道橋の前で振り返ると、スアンがまだ手を振っていた。

手を振り返して、さやかは幅の狭い鉄の階段を上り始める。

行き交う自動車のライトや、街路灯に照らされて、歩道橋の上は意外に明るい。それでも足もとが不安なのだろう、高齢者が手すりに縋って、一段、一段、ゆっくりと上っていく。その脇を、若者が鉄板を音高く鳴らして、ダッシュで駆け上がった。ヘッドフォンで音楽を聴き、身体全体でリズムを刻んで、足が止まっている者も居る。陸橋を渡るひとびとは、その歩幅もペースもまちまちだ。

階段を上りきって、フラットな床板に立つと、雑踏を縫って戻っていくスアンの小さな姿が目に入った。

スアンは、どんな夢を抱いてるんやろか。

遠のいていく後ろ姿に、大切な友の末永い幸せを祈る。

蕗子さんの夢、健児君の夢……。

私はどんな夢を抱くんやろか。今はまだ、何も見えてけぇへんけど……。

――お前はお前やん。それでええやん

健児の声が、頭上から降ってくる。

なぁ、と念を押す声に、「うん」とさやかは声に出して応える。

私の夢、大切にゆっくり見つけよう。

私の歩幅で、私なりのペースで。

夜空を仰いで、さやかは自らに誓う。

さやかの脇を、塾帰りの小学生か、重そうなランドセルを背負い、前のめりになって通り過ぎていった。

# 第六章　結び直すのは

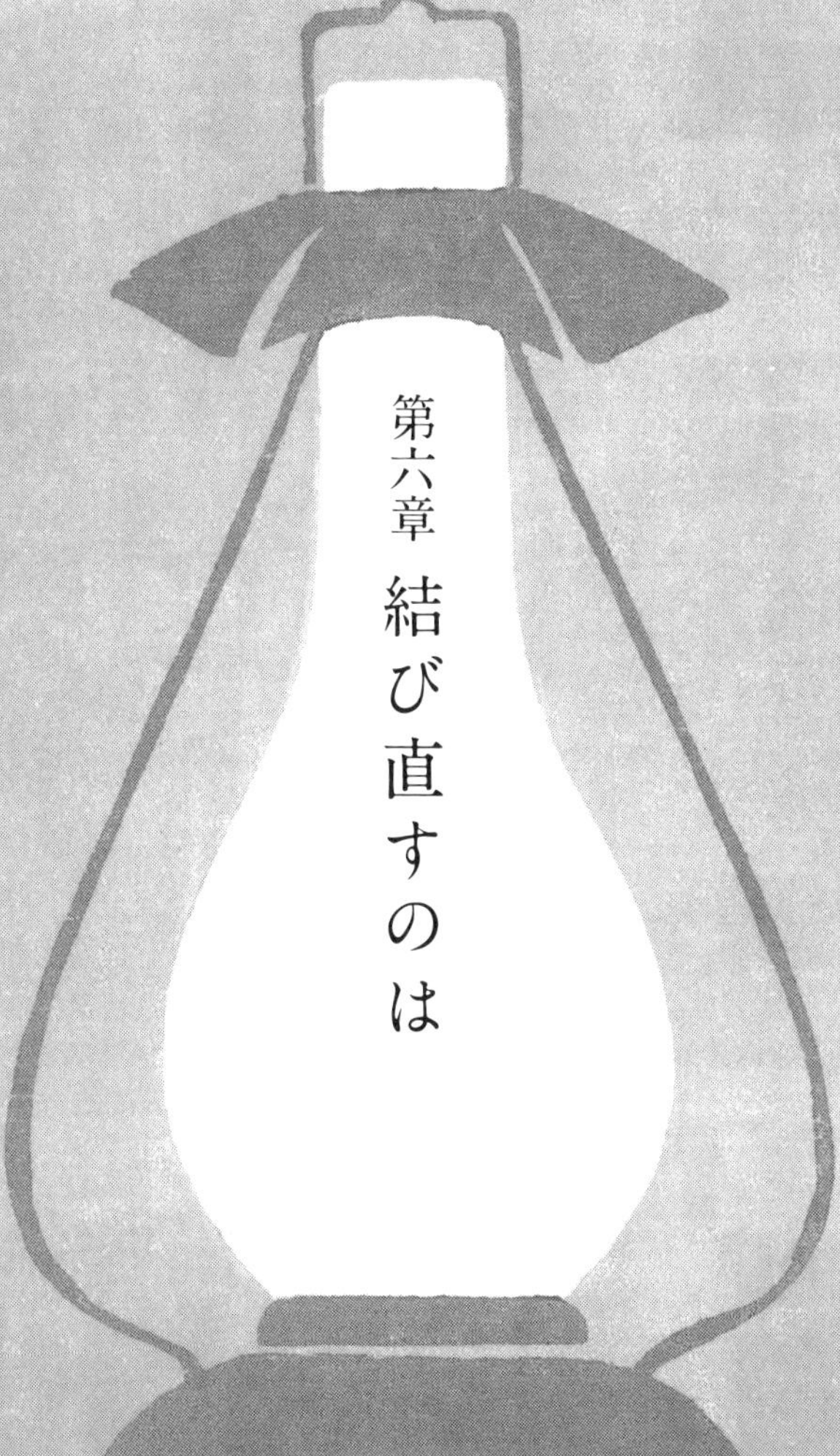

秋の入学式典、近畿に在る夜間中学の連合運動会、遠足、そして文化祭――河堀夜間中学校の二学期は、大きな行事が目白押しだ。

中でも生徒たちが心待ちにしているのが、十月末に開催される遠足だった。平日の昼なので、実際には、仕事のために参加できない生徒も多い。それでも、遠足、と聞くだけで、皆、胸を躍らせる。

「まだ少し早いですけど、連絡のプリントを渡しておきますね」

二年三組のホームルームの時間、江口先生が遠足の案内を配った。

「十月三十一日は平日ですが、もしご家族の参加が可能なら、歓迎しますよ」

担任の声に、教室中がわっと沸く。

遠足なんて何年ぶりやろ、と思いつつ、さやかはプリントに目を落とした。

さやかの知る遠足では「お菓子は二百円まで」のような厳しい制限があったが、そういう縛りは一切ない。

集合時間、目的地、服装の注意、欠席や遅刻の場合の連絡の取り方、雨天時の振替等々。大切なことが必要最小限、書かれていた。

「あ、潤間さん」

江口先生が、さやかを呼ぶ。

「余ったプリント、悪いけど、一年四組の教室に持って行ってくれませんか？　枚数、あっちで足りてへんかも知れないので」

はい、すぐに、とさやかは渡されたプリントを手に、教室を飛び出した。

一年生の教室は三階にある。

階段を軽快に駆けあがり、目指すクラスへと急ぐ。すでに授業が始まっているらしく、廊下の窓から覗《のぞ》けば、五十代のジャージ姿の女性教諭が、チョークで板書している。さやかには馴染《なじみ》のない教員だった。

邪魔にならないよう入室のタイミングを計ったが、黒板に書かれた文字を見て、「えっ？」と思った。そこには、角ばった癖のある字で、「助平」と書かれていた。

「プリント見て」

チョークを置いて椅子《いす》に座ると、教師は、手もとのプリントをひらひら振ってみせる。

「例文、音読しますで。『尻《しり》を触ったな。この助平《すけべい》め』」

軽い笑いが起きる。高齢の生徒が多いクラスで、皆、仕方なしに笑っている印象を受けた。

何で？　何でなん？

何で、そんな字……。

さやかは混乱して、もしや見誤りではないか、と幾度も黒板を確かめる。やはり間違いではなかった。

助走、助手、介助、助言。平和、平均、水平、地平。「助」と「平」を教えたいなら、もっと相応《ふさわ》しい熟語は一杯ある。

百歩譲って、生徒に親しみを持ってもらうためだったとして……ないない、とさやかは強く頭を振った。

そんなん、自分ひとりで面白がってるだけやん。

生徒に教える教材、何でもっと真剣に作らへんの？　それでも、私らの先生なん？

必ずしも、人格者が教職を選ぶわけではない。教師になるべきではなかった人間と、学齢期に関《かか》わってしまったさやかである。

けれど、少なくともこの学校で出会う先生たちは違った。生徒想《おも》いで、教えることに一生懸命で……。ことに、文字や言葉を教えるクラスでは、各々に相応《ふさわ》しい教材を用いて、生徒の理解力を高める努力を忘れない。そんな教師ばかりだと思っていた。

河堀夜間中学校に入学して、初めて覚える怒りだった。遠足の連絡プリントを渡すはずが、さやかはそのまま廊下を引き返す。

「潤間さん、どないしたん？」

保健室の前で、養護教諭の鈴木と鉢合わせになった。

鈴木先生は、さやかの瞳《ひとみ》を覗き、

「怖い顔してるよ。何かあった？」

と、優しく尋ねた。

鈴木先生なら、さやかの怒りをしっかり聞いてくれるだろう。けれど、さやかには、どうしても言えなかった。

「先生、これ、一年四組の生徒さんに渡してもらえますか。私、もう授業が始まってしまうんで、行かないと」

返事も聞かずに、鈴木先生にプリントを押し付けると、さやかは床を蹴《け》って走りだした。


「さやかちゃん、ほんまにどないしたんよ」

授業を終えての帰り道、蕗子が自転車を脇《わき》に停《と》めて、さやかの腕を取った。

「補食に手ぇもつけん、鮭《さけ》のお結びも食べてくれへん。全然、笑いもせぇへんし、喋《しゃべ》らへん――何ぞあったんと違うん？」

さやかを軽く揺さぶって、蕗子は問うた。スアンや遠見も心配そうに様子を窺《うかが》っている。

だが、さやかは固く結んだ唇を解《ほど》こうとはしなかった。もしかすると、スアンが今後、ああした授業に遭遇するかも知れない。それを考えると、ことにスアンには聞かせたくなかった。

「喋りたないもんに、無理強いしたらあかんやろ。ただなぁ……」

健児は思案顔になったあと、腕時計に目を落として、

「なぁ、三十分だけ、ファミレスかどっかで、茶ぁせぇへんか」

と、提案した。

学校と駅の間に、全国にチェーン展開しているファミリーレストランがある。午後九時を回り、夕飯目当ての客足も少し落ち着いた頃合《ころあ》いだった。

「静かな席がええんやけど」

健児に言われて、店員は周囲に客の居ない、端の広い席に一同を案内する。

「皆で寄り道すんの、初めてやな。蕗子さん、ここ、ビールもあるで」

はしゃぐ遠見に「今日はお茶にしとき」と、蕗子が釘《くぎ》を刺した。

「スアン、家に電話しといた方がええんと違うか。旦那《だんな》、心配するやろ」

携帯、持ってたやんな、と健児から尋ねられて、スアンはこっくりと頷《うなず》いた。

携帯電話を手に、スアンは席を立つ。友の後ろ姿を目で追って、さやかは小さく息を吐いた。

テーブル越し、健児が「もしかして」と、さやかの方に身を乗りだした。

「サヤサヤ、もしかして一年四組で吉村《よしむら》の授業、見たんと違うか」

吉村とは、まさにジャージ姿の件《くだん》の教師のことだ。健児の推理に、蕗子と遠見が揃《そろ》って「あぁ」と得心の声を上げる。

むしろ、さやかの方が驚き、目を大きく見開いて、三人を見やった。

健児がにやにやと笑って、

「この二人も、吉村の酷《ひど》い授業の洗礼を受けたクチや」

と、蕗子と遠見を示す。

「健児君、先生を呼び捨てにするんは、あんまり感心せんよ」

年下の同級生を窘《たしな》めた上で、蕗子は、

「私らは入学時期が違うけど、私の時も、遠見さんの時も『助平』やったわ。せやったねぇ？」

と、傍らの遠見に確かめる。

せや、と遠見は大きくひとつ、頷いてみせた。

「『尻を触ったな。この助平め』いう例文を、得意そうに読み上げてはったわ」

「ええええっ」

店内に響き渡るほどの声が、さやかの口から飛び出した。


スアンが戻り、テーブルに珈琲《コーヒー》が五人分、運ばれてきた。

「吉村先生のあれは、まぁ、ネタみたいなもんや。毎年、同じプリントを遣い回ししてるよって、殆《ほと》んどの生徒に知られてててなぁ」

拍子抜けして呆然《ぼうぜん》としているさやかに、遠見が何でもない体《てい》で伝える。それが止《とど》めの一撃となって、さやかは頭を抱えてテーブルに突っ伏した。

「ネタ……助平がネタ……」

あれほど衝撃を受け、怒りが収まらなかったのに、今は身体中《からだじゅう》から力が抜けてしまった。

「そら、初めて見たら、ショックやろ。けどな、さやかちゃん、生徒も先生も、色んなひとが居てるよってにな」

生徒の中には、美術や音楽の授業を「時間の無駄」だと決めつけて、一切、受けない者もいる。教える側も教わる側も、本当にそれぞれだ。

遠見がそう言って、さやかを慰めた。

珈琲を啜《すす》っていた健児が、顔つきを改めて、

「誰《だれ》が言いだしたか知らんけど、『M教《エムきょう》』て呼ばれる教師が居てる、と聞いたことがある」

と、声を落とす。

「過去に何か問題を起こした教員、つまり『問題教師』の略で『M教』やそうや。夜間中学には学齢期の子どもは居てへん。大人ばっかりやから、教師にとってストレスが少ないんやろ。せやから、M教ばっかりが夜間中学に送られてきた時期があったんと違うか。俺は勝手に、そない思てるんやけど」

そんなこと、あってほしいは無いんやけどな、と健児は苦《にが》そうに言い添えた。

M教、という言葉が実在するか否かは、さやかにはわからない。しかし、そう呼ばれても仕方ない教員というのは、確かに存在する。

どろどろとした怒りが、マグマのように噴き出して、さやかは両の手を拳《こぶし》に握った。

その拳を、蕗子がぽんぽん、と優しく叩く。

「何も学校だけに限らへん。どこの世界にかて、ろくでなしは居てる。けどなぁ、さやかちゃん、私ら生徒は、貪欲《どんよく》で強《したた》かなんよ。やる気のない先生の授業であっても、自分を磨く砂に変えてし

まえる」

相手を変えることは無理でも、こちらの考え方を変えれば、やり過ごしていける――人生の大先輩の言葉だが、さやかは今一つ、釈然としない。

「カレー、読メル。コーラ、読メル」

傍らで、遠見とスアンがメニューを覗き込んで話していた。

「バッチグーや、スアンちゃん。ほな、今度は、これな。これ、何て読む?」

「ドリア。読メルケド、ワカラナイ」

首を捻《ひね》るスアンに、「せやな、わしも食べたことのない料理やけど」と応えて、遠見は脇に置いた鞄《かばん》を探った。

「スアンちゃん、これ。こっちで勉強しよか」

テーブルの水気をおしぼりで拭《ぬぐ》って、遠見は鞄から取り出したものを載せた。

「ああ、懐かしい!」

蕗子が両の手を合わせて、大喜びしている。

表と裏が画用紙の、薄い冊子。随分と読み込まれたものなのだろう。草臥《くたび》れて、よれよれになっている。表紙には、太々と手書きされた「メニュー」の題字。

「さやかちゃん、見てみるか」

遠見は言って、さやかに冊子を寄越した。

「ああ、これは……」

受け取って開けば、「ステーキ」「ハヤシライス」「マロンパフェ」などの文字に添えて、それぞれのイラスト、それに値段までが記されている。本物のレストランのメニューと比べても遜《そん》色《しょく》のない、手作りのメニューだった。

「昔、国語の先生が作ってくれたんや。コピーして製本して、わしら生徒に一冊ずつ、配ってくれてな」

「それまで、お店に行っても、メニューも読まれへんから、いっつも同じものしか頼まれへんかったんよ」

切なさの滲《にじ》む声で言って、蕗子は手を伸ばすと、その教材を愛《いと》おしそうに撫《な》でた。

「これのお陰で、外食が怖いこと無うなってねぇ。誰の助けも借りんと、ひとりでお店入って、注文して、食べて帰れた。どれだけ勇気をもらえたか、助かったか、知れへんの」

教員の指導要領に、こんなものを作りなさい、という指示があるとも思えない。

おそらく、その先生は「メニューが読めない」「決まったものしか頼めない」という生徒たちの日常の嘆きに耳を傾け、知恵を絞って、これを作ったのだろう。どれほどの労力と愛が籠《こも》っていることか。

ハヤシライスひとつ！

サラダつきのセットで！

脳裡《のうり》に、誇らしげに注文する生徒たちの姿が思い浮かぶ。

メニューを眺めるさやかの眼《め》から、不意に涙が溢《あふ》れた。いけない、と焦って、さやかは乱暴に瞼《まぶた》を拭《ぬぐ》う。

さやかちゃん、と遠見がさやかを呼んだ。

「夜間中学にも、色んな先生が居てはる。吉村先生みたいなんも、それに、これを作ってくれはった先生みたいなんも」

せやさかい、悪い例だけ見て、がっかりしたり悲しんだりしたらアカンで、と遠見は温かに話を終えた。

遠見の言葉に、蕗子が無言のまま、深々と頷いている。

「十月三十一日、水曜日、と」

アガサのバックヤードで、緒方店長がシフト表を確認している。

「うん、大丈夫やよ。さやかちゃんは終日、休みになってる」

良かった、とさやかは頬を緩めた。

「確か、夜間中学の遠足やったねぇ、先月、聞いてたよ」

楽しんでおいで、と店長は言ったあと、ふと、表情を改める。

「遠足、ご両親を誘ったん？　早めに声をかけといた方がええよ」

いいえ、とさやかは首を左右に振って、

「平日やし、父は仕事があるので無理ですし、母も来ないと思います」

と、応えた。

店長は唇を「へ」の字に曲げて、暫《しばら》く考えたあと、「やっぱり話しておくわ」と、迷いを断ち切るように、シフト表を放した。

「口止めされてたから、今の今まで黙ってたんやけどな。お父さんもお母さんも、度々《たびたび》、さやかちゃんの様子を聞きに、このアガサへ来てはるよ」

「えっ」

思いがけない話に、さやかは怯《ひる》む。

両親の口から、アガサの「ア」の字も聞いたことがなかった。ただ、健康保険証のコピーや履歴書などから自宅の連絡先はわかるだろうし、何か必要があって、店長が家に連絡を入れていたとしても、不思議ではない。それがきっかけで、両親は緒方から、娘の現況を教わるようになったのではなかろうか。

それだけと違う、と緒方は真《ま》っ直《す》ぐにさやかを見つめる。

「河堀夜間中学校の入学式に、ご両親は出席してはるよ。さやかちゃんが体育の授業を受けるとこまで、校舎の窓からずっと見てはったそうや。入学式の帰りに、ここに寄ってくれはったさかい、確かなことや」

娘が不登校になった時、自分たちはその苦しみをわかろうともしなかった。道を拓《ひら》いてやる振りをして、追い詰めてしまった。だから今度は、今度こそは、娘の選択を静かに見守りたいと思う——両親はそう緒方に語ったという。

「体育の授業で、さやかちゃん、ほんまに楽しそうやってんて。娘の生き生きとした姿、久しぶりに見た言うて、ふたりとも、目ぇ真っ赤にしてはった」

ああ、あの時の……。

古い校舎の窓辺に佇《たたず》む、ふたり分のシルエット。駅前で見かけた、後ろ姿。

せやったんか。せやったんや。

さやかは俯《うつむ》いたきり、顔を上げることが出来ない。

さやかちゃん、と店長はその肩をぽん、と叩《たた》いた。

「僕もひとの子で、ひとの親や。親子の間で亀裂が入ったら、厄介なんも知ってる。そのままで構へんと思うたなら、死ぬまでそのままやろ。世間には、ざらにあることや。けど、さやかちゃんは、それでええんか？」

よう考えてな、と緒方は柔らかに話を結んだ。


窓越しに、雨の音が聴こえる。

さやかは、はっと目覚めて、ベッドから飛び起きた。

眠れない、眠れない、と寝返りばかり打っていたはずが、何時《いつ》の間にか寝入ってしまっていたらしい。手の中に、遠足の案内のプリントを握り締めたままで。

遠足は水曜日。もう明後日に迫っていた。

くしゃくしゃになったプリントを机の上に置いて、丁寧に皺《しわ》を伸ばす。結局、今まで何も言い出せないままだった。

玄関の方で、物音がしている。

掛け時計は、七時五十分を指していた。父が家を出るのは、決まって毎朝七時半なので、何時もよりも遅い。

何かあったのか、とさやかはドアを開け、そっと階下を窺った。

「間違いであってほしいな」

「もう、あの子に辛《つら》い思いをさせとうないのに……」

父が言い、母が応える。ふたりの溜息《ためいき》が重なって聞こえた。

何のことやろ。

「辛い思い」って、何なん？

階段を駆け下りて、ふたりに問《と》い質《ただ》したい気持ちを、さやかは辛うじて堪《こら》えた。

悶々《もんもん》として時を過ごし、夕刻、掃除当番のために、何時もよりも早めに学校へ向かう。

始業時間までまだ随分と間があるのに、二年生、三年生の多くの生徒が集まっていて、どうにも不穏な空気が古い校舎を覆っていた。

両親の言葉と重なって、不安が渦を巻く。

さやかは廊下を駆けて、二年三組の教室の戸を開けた。蕗子や遠見、正子ハルモニたちが一斉に、さやかを見る。

「どないしたん？　何があったん？」

その一言で、さやかが何も知らない、とわかったのだろう。皆は顔を見合わせて、どう話したものか、との迷いを滲《にじ》ませた。

最初に動いたのは、健児だった。

「これ、今朝の新聞や」

畳んで置かれた朝刊を手に取り、さやかに差し出す。

「そこの社会面、見てみ」

言われるまま、さやかはテレビ欄を捲《めく》り、社会面を広げた。政治や経済ではない、雑多な記事が載るページだ。

囲み記事に、タイトルがつけてある。「泥酔の下着泥棒、捕まえてみれば」とあった。

「こ、これ……」

記事に目を通して、さやかは絶句する。

マンション一階のベランダに干されていた女性用下着を盗んだ男を、警邏中《けいらちゅう》の警察官が現行犯逮捕した。犯人は公立中学校夜間学級で教鞭《きょうべん》を取る教師だった、という記事。

「田宮って……。田宮先生……」

ああ、と健児は痛ましそうに頷《うなず》いた。

「ご丁寧に、学校名と実名が出てる」

教壇に立って、「教育を受ける権利」について説く田宮先生。「娘が『おめでた』でね」と話す田宮先生。

生徒からの信頼も厚い教師だったはずが、まさかの下着泥棒。

さやかは頭が真っ白になった。

「もっと、取り上げるべき問題があるやろに……。大きな事件がなかったさかい、紙面埋めるための記事になってしもたんやな」

「いやあ、同情でけへんよ、やっぱり」

「娘さん、来年、出産しはるんやろ。家庭の中、地獄やで、これから」

生徒たちの遣《や》り取《と》りが、さやかの耳もとを虚《むな》しく過ぎていく。

「さいぜん（さっき）、職員室の前を通ったら」

正子《チョンジャ》ハルモニが、声を低めて続ける。

「先生方、えらい辛そうにしてはった。この事件で、田宮先生の家族はしんどい思いをしはるやろ。同僚の先生方も、相当しんどいやろね」

新聞に勤務先と実名が出る。それも破廉恥《はれんち》な犯罪で。

記事が広げる波紋を思い、二年三組の教室は静まり返った。


「皆さん、恐らくご存じだと思います」

授業前のホームルームで、江口先生は固い表情のまま教壇に立った。

「田宮先生の起こした事件で、皆さんを動揺させてしまいました。ほんまに……ほんまに……」

あとは言葉にならず、江口先生は生徒たちに向かって、これ以上、下げようがないほど頭を下げた。

教師に謝罪された経験を持つ者はおらず、皆、押し黙って江口先生を見ている。

怒りと恥ずかしさと情けなさ。何より、生徒が夜間中学の教員に寄せている信頼を、泥靴でぐしゃぐしゃにしたことへの悔いが、江口先生の姿からひしひしと伝わった。

江口先生、と正子ハルモニが平らかに呼びかける。

「確かに驚いたし、残念やとも思ってます。けどね、先生、誰にかて醜うて、身勝手で、他人には見せん顔があること、私らは、よう知ってます」

江口先生は顔を上げて、発言者を見た。

正子ハルモニの言葉に、高齢の生徒たちも、深く頷いている。

「田宮先生から教わったこと、学んだことは、もう私らの血肉になっていて、それは誰からも、どんなことからも、侵されたり、奪われたりはせぇしません」

一言一言に力を込めて、正子ハルモニは最後に、「なぁ」という風に級友たちを見回した。

江口先生の双眸《そうぼう》が潤んでいる。幾度か口を開き、閉じ、を繰り返したあと、

「これまで『新聞を読めるようになりたい』いう生徒さんたちの夢を、後押ししてたはずやのに、今日は……今日だけは、生徒さんたちに新聞を読んでほしくない、と心の底から思うてしもたんです」

申し訳ない、と教師は教え子たちにもう一度、詫《わ》びた。

読みたくないものでも読めるのは、文字や言葉を手に入れていたならこそ。

声には出さずに、生徒たちは江口先生の謝罪を受け止めた。

「阿呆《あほ》やなぁ、田宮先生も。皆に、こないな思いをさせて」

誰かがポツンと言い、「ほんま、阿呆やで」の唱和が続く。しかし、いずれも責め立てる口調ではなかった。

「女もんのズロースが欲しいんやったら、私のを、何ぼでもあげたのに」

蕗子が明るい声を上げると、

「ズロースて……古っ」

と、健児が苦笑いしている。

重苦しかった教室に、少しずつ光が差し込んでくるようだった。

皆、強いなあ。強いわ。

教室の一番後ろの席で、事の成り行きを見守っていたさやかは、つくづくと、感嘆の吐息を洩らす。

新聞記事で事件を知り、あまりの衝撃に、足もとから崩れ落ちそうになった。けれど、級友たちは、田宮の愚行を淡々と受け止め、自分たちの「学び」とは切り離せている。

——誰にかて醜うて、身勝手で、他人には見せん顔がある
——教わったこと、学んだことは、もう私らの血肉になっていて、それは誰からも、どんなことからも、侵されたり、奪われたりはせぇしません
正子ハルモニの言葉を、さやかは改めて胸に刻んだ。

その夜。

「お帰り」

「お帰りなさい、さやか」

玄関を開けると、珍しく両親が揃《そろ》ってさやかを迎えた。

件の記事で、娘が傷ついたのではないか、と心底、案じていたのだろう。

ただいま、とさやかは応じ、そのまま階段を上りかけて、ふっと足を止めた。

「心配かけて、ゴメン。その……色々、ゴメン」

両親を振り返って、「でも、大丈夫やから」と、柔らかに言い添えた。

父は目を大きく見開いたあと、そうか、と掠《かす》れた声で言って、頷いた。

その後ろで、母は唇を戦慄《わなな》かせている。


本日、十月三十一日は、昨日に引き続いてよく晴れるでしょう。京阪神《けいはんしん》は快晴、降水確率〇パーセント、洗濯日和です。

音量を絞ったラジオから、気象予報士の声が流れてくる。

窓の外は、まだ暗い。デスクスタンドの明かりを頼りに、ナップサックの中身を確かめる。

大袋入りのチョコレート、キャンディの詰め合わせ、ペットボトルはお茶と水が各一本。

前に何時使ったのか、定かではない古いナップサックの紐《ひも》を絞り、肩に担ぐ。ラジオを切り、机に置いていたプリントを手に取った。

何度も撫《な》でつけて皺を伸ばしたものの、もとの通りには戻らなかった。

――人は弱いし、家族の絆《きずな》は脆《もろ》い

満州で母親に置き去りにされた、と打ち明けた蕗子の、あの時の声が、さやかの耳の奥にこだまする。

――その弱さや脆さを受《う》け容《い》れて、初めて、人は強うなれるし、家族とも深く結ばれるように思う

その声に、さやかは深く頷いてみせる。

ペン立てから青いジェルインクのボールペンを取ると、遠足の案内の空白部分に、丁寧に書き込みをした。

よかったら、ふたりで来てください。

さやか

両親の眠りを覚まさぬよう、ダイニングへ移って、テーブルの上にプリントを置く。重石《おもし》代わりに何か、と思い、盛《も》り籠《かご》のリンゴに手を伸ばした。プリントの端にリンゴを乗せれば、薄暗いダイニングの光を集めて、鮮やかな赤い色を放った。

最後にもう一度、プリントを撫でる。待ってるから、と心の内で呟《つぶや》いて。

そうして、さやかは静かに玄関の扉を開け、まだ明けやらぬ街へと歩きだした。

二十四時間営業のファミリーレストランで夜明けを待ち、コンビニエンスストアでお弁当を買う。少し考えて、三種類買う。

集合場所の駅前広場に着いたのは、七時前。

一番乗りかと思いきや、すでに何人か、生徒とその家族らしき人たちが待機していた。

「さやかちゃん」

名前を呼ばれ、声の主を認めて、さやかは「ああ！」と喜びの声を上げ、地面を蹴《け》って駆けだした。

短い間ではあったが、机を並べて一緒に授業を受けたひと、漫画家の用瀬裕そのひとだった。

「江口先生から、連絡をもらってね。徹夜明けでそのまま来たんだ。あ、そこのコンビニで弁当を買って来るよ」

「お弁当なら、私、一杯買いました。一緒に食べましょう」

手提げのビニール袋の口を開けて、さやかは中身を披露《ひろう》する。

「それに多分、皆、手作りのお弁当を持ち寄ると思います」

「実はちょっとそれ、期待してるんだ」

用瀬はそう言って、嬉《うれ》しそうに笑った。

ベンチに並んで腰を下ろし、開口一番、

「無事に企画が通ってね、古巣の青年誌に、描《か》かせてもらうことが決まったよ」

と、往年の売れっ子漫画家は、照れ臭そうに打ち明けた。

うわあ、と、さやかは両の手を広げて、万歳してみせる。

「『ハイスクールぶるうす』が掲載されてた雑誌ですよね。シリーズになるんですか？」

店長に言わないと、とさやかは声を弾ませた。

あ、いや、と用瀬は頭を振る。

「特別号の読み切り、表紙を入れて五十一ページだ」

本誌ではなくて、特別号。連載ではなくて、読み切り。漫画の世界に精通していなくても、その扱いが重いか、軽いかはわかる。

掲げた両腕を、さやかは躊躇《ためら》いがちに下ろした。

「そんな顔、しないでくれないか」

用瀬は、さやかの双眸を覗いて、ほろ苦く笑っている。

「漫画家の原稿料って、下がらないんだよ。私は一時売れたから、原稿料も結構高い。その癖、もう人気もないから、敬遠されて当たり前なんだ」

新人と同じ扱いだろうが何だろうが、自分の描きたいと思うものを描かせてもらえるのが嬉しい、と用瀬は語った。

漫画の世界で、描いておきたいことが見つかった――最終日の帰り道、用瀬が話していたことを、さやかは思い出す。

どんな題材を選んで、どんな話になるのだろう。尋ねようとして、さやかは留《とど》まった。

「読ませてもらうの、楽しみにしてますね」

「ああ。夜間中学の皆に楽しんでもらえるものを、力一杯に描くよ」

声に強い決意を滲ませて、用瀬は空を仰ぐ。眩《まばゆ》い太陽の少し上、金星が名残を惜しんでいた。

予報通り、終日の晴れ間を誓《ちか》う空だ。

集合時間が近づいて、駅前広場は生徒やその家族で埋まり始めた。

「あああ！」

「モチ先生、モチ先生や！」

用瀬をいち早く見つけた生徒たちが、その腕を引っ張って、輪の中へと導いていった。

「さやかちゃーん」

面差しのそっくりな小さな子たちを引き連れて、蕗子がさやかを呼んでいる。

背中にリュック、片手に車輪付きのキャリー。おそらく、中身は全《すべ》て食べ物だろう。

「サヤカ！」

手を振るスアンの横で、原田がにこやかに一礼を送る。家族に囲まれた正子ハルモニ、健児と遠見の姿も見えた。

駅前広場の設備時計が、午前八時丁度を示した時、教員たちが校章の入った小旗を掲げて、「集まってください」と声を張り上げる。

総勢、百人ほどか。さやかは周囲を見回して、両親の姿を求めたが、見当たらなかった。

ダイニングにメッセージを残してから、三時間ほど。あまりに急なので、来られないのだろう。

父は勤めがあるし、母も遠慮したのかも知れない。

両親の来られない理由をあれこれと考えて、さやかは苦く笑う。

アホみたいや、私。何を期待してるんやろ。

二十歳《はたち》やん、もう。遠足に親が来ぇへんくらいで、何へコんでるん。

「ええから、楽しもう」

自身に言い聞かせるように声に出し、さやかは二年三組の列の最後に加わった。


見上げれば、ブルーのインクを万遍なく流したような蒼天《そうてん》が広がっている。一片の雲もなく、まさに快晴という言葉が相応しい。この上ない、遠足日和になった。

目的地は、ゆっくり歩いて三十分ほどの場所にある植物公園。広大な敷地には、低い山や池、庭園などが配されて、起伏に富んだ造りになっている。

「ドングリが落ちてますね。ドングリにも色んな種類があるんですよ」

理科の受け持ちによるフィールドワークが入ったり、地理や歴史の説明が挟まれたり、と年齢を問わず楽しめる遠足だった。

ゲームで程よく疲れたところで、木陰にシートを広げて昼食をとることになった。

「さやかちゃんも、モチ先生も、コンビニ弁当はしまって、これ食べてな」

孫たちに手伝わせて、蕗子はキャリーから次々に密閉容器を取りだしていく。

握り飯に煮しめ、玉子焼きに焼き肉、果物に漬物に、お約束の小籠包《ショーロンポー》。キャリーに積めるだけ積んだ料理が次々に披露される。

「では、うちの料理も是非」

家内の国の味です、と原田がバスケットから、ラップをかけた何枚もの大皿を出した。盛られているのは、春巻き各種、具沢山のサンドウィッチ、鶏肉《とりにく》と野菜のサラダ、オムレツ等々。

「ゴイクォン、チャーゾー、バインミー、バインセオ、色々全部、ダーリンガ作ッテクレタ、ベトナム料理」

スアンが紙皿に料理を小分けして、皆に勧める。

「俺のは凄《すご》いで。腰、抜かすなや」

健児が大きな重箱をシートの真ん中にどん、と置いて、蓋《ふた》を開けた。

内側が朱に塗られた箱の中に、鯛《たい》の塩焼き、穴子《あなご》の八幡《やわた》巻き、出汁《だし》巻《ま》き玉子、青唐辛子の辛煮、なめ茸《たけ》のおろし和《あ》え、大根の柿《かき》なます等が、色合わせも美しく詰められている。おおおおっ、と周囲から嘆息が洩《も》れた。

「親方が持たせてくれた、割烹寿屋《かっぽうことぶきや》の味や」

ゆくゆくは俺が守っていく味やで、と健児は誇らしげに胸を張った。

葉陰を縫って、煌《きら》めいた陽射《ひざ》しが届く。風に乗って、きぃきぃ、ぴりりぴりり、チャッチャッと幾種類もの野鳥の声が聞こえている。

遠足に参加したひとびとは、持ち寄った料理や飲み物を互いに分け合って、思い思いに食事を楽しんだ。

満腹で寝そべる者、鬼ごっこを始める子どもたち、歌いだす者、それに合わせて踊る者。

用瀬が車椅子の正子ハルモニと手を繋《つな》ぎ、踊りの輪へと加わった。

豊かで芳醇《ほうじゅん》な時が、ゆったりと流れていく。

気づくと、皆の輪から離れて、遠見がひとり、南天の植え込みの前に座っていた。

その姿がどうにも寂しげに、さやかの瞳《ひとみ》には映る。

「遠見さん」

歩み寄るさやかを認めて、「ああ、さやかちゃんか」と、遠見は身体《からだ》を少しずらし、さやかの座るスペースを作った。

「どないしたん？　こんなとこで」

級友の問いかけに、

「ちょっとな、田宮先生のこと、思い出してたんや」

と、周囲を憚《はばか》るように声を低めた。

戦争の授業のあと、遠見のことを気にかけて、家まで訪ねてくれたという。

「根は真面目《まじめ》で優しい先生なんやが、酒に負けてしもたんやな。あないな事件、起こしたさかい、家にも居場所がないんと違うか。そない思うと、何やしんどなってなぁ」

どう応じて良いかわからず、さやかは口を噤《つぐ》んだ。そんなさやかに「気にせんでええ」という風に、遠見は軽く首を振った。

沈黙を埋めるように、心地良い風が、さらさらと南天の葉を鳴らす。

遠見はふと、周囲を見渡して、

「ええ光景やなぁ、見惚《みと》れてしまうわ」

と、両の眼を細める。

孫たちを追い駆ける蕗子。一つの紙皿の料理を分かち合う、スアンと原田。娘や息子、それに孫たちと談笑する正子ハルモニ。

「皆、家族に囲まれて、幸せそうで、見てるだけで、何や胸が一杯になってしまう」

遠見の隣りで、さやかも同じ光景に見入る。

栄《ゆか》す家庭《きない》や――声低く、遠見が歌い始めた。

栄す家庭や　和合ど
笑いど笑いど　我達《ばんた》やゆからで

何処《どこ》となく哀《かな》しい、美しい旋律だ。遠見の故郷の歌だろうか、と耳を傾けるのだが、歌声は途切れ、じきに絶えた。

そっと様子を窺えば、遠見は小刻みに身体を震わせ、何かにじっと耐えているようだった。さやかは何も問わず、黙って級友に寄り添う。

吹く風に背中を押されたのか、遠見は、固く結んでいた唇を解《ほど》いた。

「戦争で、わし一人が生き残って……ほかはアカンかった。家族全部、奪われてしもてな」

可哀《かわい》そうに、慶良間《けらま》に嫁いだ姉は集団自決やった――戦災孤児だった男は、苦し気に吐露した。

「家族が欲しいて、せやから、早う所帯を持ったはずが、わしは」

堰《せき》を切ったように、遠見は言い募る。

「わしは、ギャンブルにのめり込んで、家族を少しも大事にせぇへんかった。その結果が今のわし……ほんま、自業自得なんや」

「遠見さん」

何とか慰めようとするものの、どんな言葉も思い浮かばない。

そんなさやかの気持ちを察してか、ええから、ええから、という体で、遠見は緩く頭を振ってみせた。

「家族やから大事にせぇ、いうこととは違う。決して、そうやない。けんど、大事にすべき家族なら、何より大事にしたってな、さやかちゃん。もしも、家族を結ぶその結び目が解けてしもたなら、結び直したらええことや。わしは間に合わんかったけど、田宮先生の家族には、そうあってほしい」

色々な想いが胸を過《よぎ》るのか、遠見は揺れる声で、こう続けた。

「最初から無いもんなら、そういうもんや、と思うことも出来るかも知れへん。けんど、喪《うしな》ったり、奪われたり、自分から手放したりして、ひとりになったなら辛い。辛いもんやねんで」

公園の手洗い場に、水道の蛇口から勢いよく水の迸《ほとばし》る音が響く。

両の掌《てのひら》で水を受けて、さやかはバシャバシャと顔を洗った。遠見の孤独が胸に迫り、涙を止められなくなっていた。

「ああ、さやかちゃん」

背後から、蕗子の声がした。

慌ててポケットからハンカチを引っ張り出して、顔の水気を拭《ぬぐ》う。

トイレから出て来たのだろう、同じくハンカチで手を拭いながら、蕗子はさやかの顔を覗き込んだ。

「どないしたん？　目ぇ、赤いよ」

「ええ？　そう？」

怯んださやかの耳に、「さやか」「さやか」と、その名前を呼ぶ声が聞こえた。

空耳か、と思って振り返れば、迷子を捜すように、さやかを探す両親の姿があった。

「さやかーー！」

娘を認めて、大きな声で父が叫ぶ。

その両手に大きな風呂敷《ふろしき》包み、肩からたすき掛けにした水筒が揺れていた。

「さやかーー！」

父から少し遅れて、母が懸命に駆けてくる。こちらは片手に保冷バッグ、片手には大きな紙袋を提げていた。

「お父さん、お母さん」

来てくれたんや、とさやかは二人のもとへと走り寄る。

「遅うなってしもて、堪忍ねぇ」

はぁはぁ、と、息を切らせて、母は詫びた。

「弁当作って、おやつ用意してたら、こんな時間になってしもて」

「弁当なんか買えば良い、と言うたんやが、『せっかくの遠足やから』と母さん、聞かんでなぁ。朝からてんやわんややや」

額から滴り落ちる汗を拭うこともせず、父は「ほら」と風呂敷包みをひとつ、さやかに差し出した。

両手で受け取れば、ずっしりと重い。両親の想いと愛情とが詰まっているようだった。

「ありがとう」

その重さを心に刻んで、さやかは感謝を両親に伝える。

「お父さん、会社、急に休んで大丈夫やったん？」

気遣って問う娘に、母親が笑顔を向けた。

「お父さんねぇ、入社して初めて、仮病を使いはったんよ。『急に高熱が出まして。もしかしたら、インフルエンザ、家内から移されたかも』やて、迫真の演技やったわ」

「え？　お母さん、インフルエンザやったん？」

娘の質問に、今度は父親が答える。

「罹《かか》ったんは二年前やけどな」

何やぁ、とさやかは笑い、両親も笑う。潤み始めた眼を隠すように、親子は晴れやかに笑う。

何でもない親子の会話。

しかし、ここに辿《たど》り着くまで、長い刻《とき》を要した潤間家であった。

「お父さん、お母さん、こっちに」

両親を促して、クラスメートたちのところへと案内する。親子に気づいた級友たちの間から、歓迎の声が上がった。

「さやかちゃんのご両親、来てくれはったよ」

預かった保冷バッグを掲げて「差し入れも一杯やよ」と蕗子が声を張った。

両親に担任の江口を引き合わせ、遠見、健児、スアン、正子ハルモニ、と仲間たちを順に紹介していく。

母と父の心尽くしの差し入れは、重箱や容器ごと回されて、「おお、タコさんウィンナーや。遠足のお弁当の定番やな」「この海老《えび》フライ、衣が薄うて旨《うま》い」「リンゴがウサギの形に切ってあって泣ける」などと、皆を喜ばせた。とうに満腹のはずが、料理は次々と皆の胃袋におさまっていった。

デザートを勧めて回っていたさやかは、立ち止まって、両親を窺う。

母と蕗子は料理談義に夢中、父はと言えば、スアンの夫の原田と同年だとわかったらしく、男同士で大いに盛り上がっていた。

「サヤサヤ！」

健児が立ち上がり、さやかに向かって、

「この蒲鉾《かまぼこ》の唐揚げ、めっちゃ旨いで」

と叫んだ。

「それ、母のオリジナル料理、てか、『サヤサヤ』って呼ぶん止《や》めぇ！」

怒鳴り返すさやかに、周囲からどっと笑いが起きる。

父と母が互いを見合って、泣き笑いの表情になっていた。

気が付くと、遠見がさやかに笑みを向けている。良かったな、という風に、親指をぐっと立てる仕草に、さやかも笑顔になった。

遠見さん、背中を押してくれてありがとう――そんな想いを込めて、さやかも親指を立ててみせた。

頭上の木々の枝を揺らし、葉を鳴らし、樹下に集うひとびとを優しくなでて、風が渡っていく。

そこに集うひとびとの、嬉しさも喜びも、切なさも哀しみも、そっと抱き留めて去っていった。

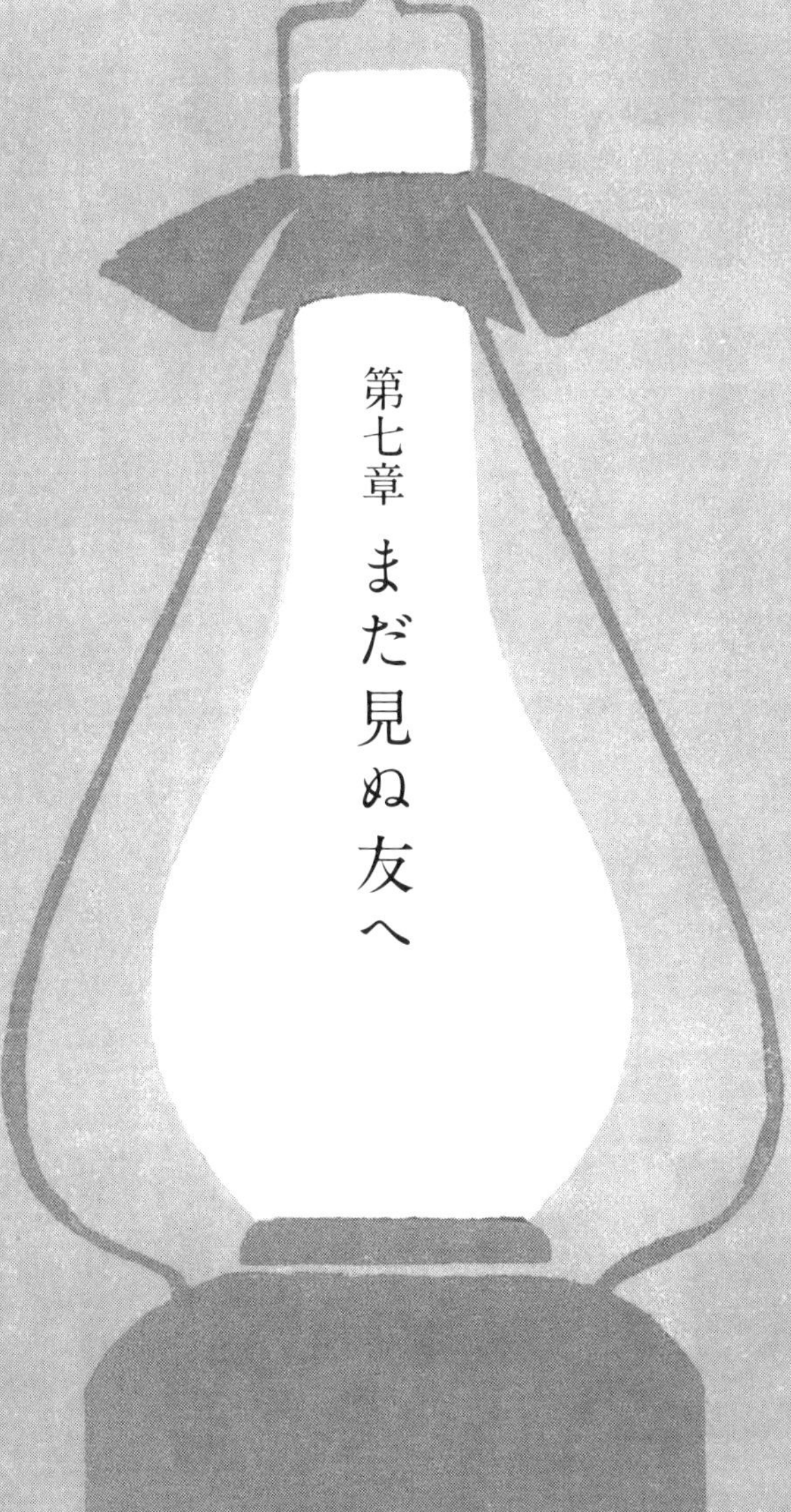

# 第七章　まだ見ぬ友へ

街中に、エンドレスでクリスマスソングが流れ、街路樹には、華やかなイルミネーションが施されている。

寒風に身を縮めて、さやかは「まだ十一月やのに」と零《こぼ》す。アガサでもそうだが、年々、クリスマスモードに入るのが早くなっている気がした。

「さやかちゃん」

息を切らせて、蕗子が背後から追いついてきた。自転車がパンクして、今日は徒歩だという。

「今日はええ天気で良かった。東京も晴れてたらええんやけど」

東京、と首を捻《ひね》り、ああ、とさやかは手を打ち鳴らす。

「せやった、せやった。三年生は、今日から修学旅行で上京してるんやった！」

三年生たちにとっては、来年の卒業を控えての、最大の学校行事だ。旅行先は東京で、主な目的は国会議事堂見学だと聞いている。

生まれて初めて旅行に出かける、という生徒も多いので、さぞかし充実した時間を過ごしているだろう。

「今日は浅草から東京タワーを回る予定やったはずで、もうそろそろ、宿に入った頃《ころ》やろか」

「蕗子さん、詳しいねぇ」

さやかに感心されて、蕗子は、

「生徒会の書記をやってるから、色々、情報が入ってくるんよ」

と、照れてみせた。

黄昏時《たそがれどき》、河堀中学校の昼の生徒たちが、部活を終えて帰路に就く。坂道でその子たちとすれ違う時、どちらからともなく「こんにちは」と声をかけ合った。

以前はなかった習慣で、合同授業や文化祭交流などを行って以来、自然、こうして挨拶《あいさつ》を交わすようになっていた。

「こんにちはぁ」

「はい、こんにちは」

愛想よく挨拶を返す蕗子とは違い、さやかはぎこちない。応じる声も小さく、相手と目も合わせられなかった。

「さやかちゃん、顔、恐《こわ》いよ」

蕗子が耳元で囁《ささや》く。

強張《こわば》った頬《ほお》をぷにぷにと解《ほぐ》して、さやかは、

「けど、制服姿の中学生に挨拶できるようになったんは、私の中では大きい一歩なんよ」

と、弁明する。

そうやねぇ、と蕗子は懐かしそうに目を細めた。

「最初の頃は、制服見るだけで、さやかちゃん、石みたいに固まってたねぇ」

「でしょ？」

校門を抜けて階段を上ると、陸上部だろう、校庭を走る生徒たちが見えた。

子どもから大人へ、体型が最も顕著に変わる年代。どの子も、若さとエネルギーに満《み》ち溢《あふ》れ、潑剌《はつらつ》としている。

「あの子らと私らと、同じ学校の生徒なんやねぇ」

蕗子が言い、

「うん、何か不思議な気ぃする」

と、さやかが応《こた》える。

確かに、と頷《うなず》いたあと、蕗子はにっと歯を見せて笑った。

「不思議やけど、幸せな気分やわ」

幸せ、という蕗子の言葉を胸の中で繰り返し、せやろか、とさやかは思う。

同じ学校の生徒で幸せ、という感覚は、さやかには今一つ理解できなかった。


河堀夜間中学校では、定期的に生徒総会が開かれる。

その日は、無事に三年生の修学旅行が終わったことの報告に加えて、生徒会から来年の生徒募集に向けての提案が幾つか成された。

同じ場所、同じ中学でありながら、昼間の河堀中学校ならば、何もせずとも、小学校を卒業した生徒たちが、春に当たり前のように入学してくる。しかし、夜間学級は、生徒の入学希望があってこそ。

「秋入学の生徒がめっちゃ少なかったよって、仲間増やすために、もうちょっと気張らなあかんなぁ」

「気張る、いうたかて、せいぜい、ポスターとかビラとか作ることしか思いつかへんし」

総会を終えて教室へ戻っても、暫《しばら》くはその話題で持ち切りだった。

「さやかちゃん、どうやろか。ポスター、作ってみてくれへん？」

「サヤサヤ、めっちゃイラスト上手やし、斬新《ざんしん》なポスター、頼むわ」

生徒会書記の蕗子と、健児とが、さやかを拝み倒す。

「無理、無理無理無理！　そんなん絶対、無理やわ」

激しく頭を振って、さやかは全力で拒んだ。

アガサでイラストを描く機会が多いとはいえ、あれは好きな映画の紹介をするためのもの。生徒募集のポスターとなると、かなりの重責で、さやかには荷が重過ぎる。

「それに、用瀬先生のイラスト見てしもたら……私には、逆立ちしても無理やわ」

さやかの言い分に、「阿呆ちゃうか、サヤサヤ」と、健児は呆《あき》れ顔になった。

「あっちはプロやんか。生徒募集のポスターに、そこまでのクオリティなんか、誰も求めてへんで。画力云々《うんぬん》より、『伝えたい』いう気持ちの方が、ずっと大事なんと違うんか」

健児君の言う通りやわ、と蕗子も加勢に回る。

「夜間中学にまだ辿《たど》り着けてへん誰《だれ》かに、『こんな学校がある』て、知らせるためのポスターやからね。ほら、さやかちゃんも入学前、『正門わきの掲示板のポスターを見た』って言うてたやんねぇ。さやかちゃんなら、自分と同じような立場のひとの心に届くようなポスター、描《か》けるんと違う？」

蕗子の台詞《せりふ》に、さやかは考え込んだ。

確かに、さやか自身も、掲示板に張られていたポスターで、はっきりと夜間中学の存在を確信した、という経緯がある。

自分に続いてくれるひとが現れるなら……。その背中を押すことが出来るなら……。

期待に沿える自信はないけれど、やれるだけのことをやってみようか、と気持ちが動く。

「……描いてみようかな」

さやかの一言に、蕗子は小躍りし、健児は健児で「やりぃ！」とガッツポーズを決めた。

それまで黙って遣《や》り取《と》りを見守っていた江口先生が「ありがとう」と、さやかに温かな謝意を伝える。

「画用紙とか絵具とかは、学校で用意しますからね。あと、ビラも、ポスターに似せたものを考えても良いかも。ビラは印刷にかけるから、単色になってしまうけど」

先生、と生徒の一人が手を挙げて、

「いっつも先生たちだけで、生徒募集のビラを配ってはりますよね。生徒会からも話が出てたけど、あれ、私らに手伝わせてもらわれへんやろか」

と、懇願した。

せやせや、と生徒たちが一斉に頷く。

「絵も描けんし、ほかに何も出来んけど、ビラ配るんやったら、手伝える」

「体力には自信があるよってなぁ」

皆の気持ちが嬉《うれ》しいのだろう。江口先生は、

「せやね、今年から皆さんに手伝ってもらえたら、と私たち職員も思っています」

と、軽く手を合わせてみせた。

夜間中学で一緒に学びませんか
読み書きから習えます
「これを目立つ位置に大きく書いて、この辺に詳しい内容、あと、こんなイラストを付けたらどうかなぁ」
わら半紙に、生徒募集についての文言と、鉛筆を手にした男女のざっくりとしたイラストを下《した》描《が》きしていく。
「上手《うま》いもんや」
「さすが、さやかちゃんやな」
補食の時間、さやかの周りを級友たちが取り囲み、感心している。

「今までのビラも良いけど、これとお揃《そろ》いのビラがあったら、嬉しいかも」

「イラストがあるんは、ええねぇ」

皆の感想に、さやかの鉛筆を動かす手が止まった。

「ポスターはある程度、サイズが大きいから、イラストを入れてもバランスが取れる。でも、ビラの大きさになると、ごちゃごちゃした感じになるかも……。けど、ビラって」

再び手を動かしながら、さやかは、

「ビラって、そんなに効果があるんかなぁ」

と、首を傾《かし》げた。

店のオープンの案内だったり、商品の宣伝だったり、何かの勧誘だったり。街を歩けば、ビラを差し出されることが多い。ティッシュが付いていれば受け取るひともいるが、ビラだけなら無視するのが大半だろう。

「どれほど撒《ま》いたところで、ビラって、大抵は捨てられて終わりと違うんかなぁ」

何気なく口にした一言だった。

それに対して、相槌《あいづち》も何も聞こえない。教室の空気が一気に冷えたように感じて、さやかは顔を上げた。

生徒たちが困惑した体《てい》で、目交ぜしている。

どないしたんやろ。何か悪いこと、言うたんかな……。

さやかは鉛筆を握ったまま、眉尻《まゆじり》を下げた。

沈黙の続く中で、がさがさという音が聴こえる。李という高齢の女性が、鞄《かばん》を探り、財布を取り出すところだった。

李は、財布の中から折り畳んだ紙を出して開き、

「さやかちゃん、これを見て」

と、机の上にそっと置いた。

あっ、とさやかの口から、小さな声が洩れる。

変色し、細かな折り目がついた古い紙。印字はかなり掠《かす》れているが、「夜間中学」「生徒募集」という大きな文字だけは読み取れた。

「私のお守りなんよ。このビラを受け取った時に『小学校さえ行ってへん者が、中学校に入れてもらえるはずがない』、そない思うて。でも諦《あきら》めきれんで」

ビラを手に、幾度も河堀夜間中学の前まで来た。けれど、校門を潜《くぐ》る勇気を持てずに引き返した。そんなことを繰り返し、気付けば五年余り。事情を察した娘が、母の手を引き、学校へ連れて来てくれたので、入学が叶《かな》ったという。

「私を、夜間中学に導いてくれた証《あかし》やわ。せやから、このビラ、どないしても手放されへんの。棺《ひつぎ》にも入れてな、と娘には言うてあるんよ」

李の告白に、さやかは俯《うつむ》く。

以前、蕗子から「校門を潜るまで三年かかった」と聞いていた。似たような経験を持つ者が、このクラスにも沢山いるのだろう。その発端がビラだったとは、今の今まで知らなかった。

さやかは自身の不知《ふち》を恥じ、不用意な発言を恥じた。

さやかちゃん、と遠見がさやかの方へ向き直る。

「わしが駅前でビラをもろたんは、七年ほど前やった。当時、字が読めんかったわしに、『平仮名から勉強できる』て、ビラ配ってた人が教えてくれた。けど、李さんと一緒で、『いきなり中学校へ入れるわけがない』と思い込んでしもてな」

それでも、ビラを捨てられなかった。

考えて、迷って、とうとうビラを握り締め、河堀夜間中学校に来た。

「小さい小さいビラ一枚が、わしをこの学校へ導いてくれた」

その声が揺れている。

「けど、きっと、わしらだけと違う。この国には、義務教育を終えてへん者が、もっともっと、仰山《ぎょうさん》いてるはずなんや。わしは、この手ぇで」

両の手をぎゅっと拳《こぶし》に握って、遠見は、

「この手ぇで、何とか、そのひとらにビラを届けたい」

届けたいんや、と声を絞った。

開店前、アガサの店内はとても静かだ。

棚一杯に並ぶビデオテープ、ＤＶＤも、アルバイト店員の打ち明け話をじっと傾聴《けいちょう》しているようだった。

「そうか……そんなことが……」

さやかの話を聞き終えて、緒方はビデオテープを棚に並べる手を止めた。

「公立中学校やし、広報手段って限られるから、ビラ撒きはええ方法やと思うよ。いや、撒き散らすわけやないし、ビラを『撒く』いうんは、ちょっと違うかも知れんけど」

思案しつつ言ったあと、緒方店長は、ふと、

「なぁ、さやかちゃん、義務教育を終えてへんひと、って全国にどれくらい居てるんやろか」

と、問うた。

「およそ百七十万人、って聞いてます」

さやかの返答に、店長は目を剝《む》く。

「ひゃ、百七十万⁉　そ、そんなにか……」

動揺が収まるまで、店長はじっと天井を睨《にら》んだ。

「ほんなら、さやかちゃん、その人らの受け皿になる夜間中学って、一体、全国に何ぼほどあるん？」

「三十五校、あるそうです」
三十五、という数字を緒方は吐息交じりに繰り返し、
「少ない、少なすぎる」

と、首を左右に振った。

こくん、と頷いて、さやかは一本のビデオテープを手に取る。返却されてきた邦画「学校」だ

った。さやかも、この作品で初めて夜間中学を知った。こうして誰かが借りて観《み》てくれていることが、嬉しい。

「私もそうやったけど、夜間中学を知らないひとの方が多いし、もっともっと色んなひとに知ってもらいたい、って思います。そしたら、きっと、学校の数も増えるやろし」

うんうん、と緒方店長は優しく頷いて、

「夜間中学がどんなに素晴らしい学校か、さやかちゃん見てたら、ようわかる」

と、笑んだ。


師走《しわす》に入ると、一気に寒くなった。

十一月が割に暖かかったので、寒さが一層、身に応《こた》える。

始業前、既に陽《ひ》は落ちて、辺りは暗く、校舎の中も底冷えがしていた。

ささ、やぎ、かん。

ノートに大きく平仮名を書き、それぞれの単語の横に笹、山羊、缶のイラストを添える。

「ささの『さ』、やぎの『や』、かんの『か』で、『さやか』、私の名前やよ」

スアンに「さやか」の文字を問われて、さやかは、乞《こ》われるまま、彼女のノートに文字と絵を記したのだ。

イラストと文字を照らし合わせて、スアンは小首を傾げる。

「サヤカ、コレ、違ウ」

「え？　何々？　何か変やった？」

さやかが焦ってノートを覗《のぞ》き込めば、スアンは、

「さ、や、か。笹デモ、山羊デモ、缶デモ、ナイ」

と、一字一字を指で押さえて頭を振った。そして、暫くじっと考えると、「さやか」の「さ」と「や」の間に、文字を書き足した。

平仮名らしいのだが、さやかには読み取れない。

「ええと、これは……」

象形文字のような字体を、じっと見つめていると、もしや、と思いついた。

「スアン、もしかして『わ』？」

わ、と大きく書けば、スアンが「ソウ、コノ字」と恥じらった。

あおぞら、という文字も難しいが、「わ」もなかなか手強い。スアンはさやかの字を手本に、「わ」をゆっくりと丁寧に書き込む。

「サヤカ、サワヤカ」

「いやぁ、何か照れるなあ」

そんな爽《さわ》やかでもないねんけど、とさやかは大いに照れる。

スアンは更にじっと考えて、「さやか」の三文字を指し、

「さワヤカ、やサシイ、かシコイ。さやか」

と、言った。

途端、黒板を綺麗《きれい》にしていた健児が、「がははは」と笑いだす。

「スアン、褒め過ぎやで。サヤサヤはなぁ、『さわがしい』『やかましい』『過激《かげき》』の頭の字で『さやか』なんや」

「やかましいわ」

漫才宜《よろ》しく、突っ込みを入れるさやかに、他の生徒たちが一斉に笑った。

始業チャイムが鳴る前に、スアンは一年一組の教室へと戻っていく。スアンが去ったあとも、さやかは、彼女との遣り取りを思い出して、温かな気持ちになった。


その日、授業を終えて、帰り仕度を整えた遠見が、さやかに尋ねる。

「スアンちゃんは、どないしたんや？　今日は一緒に帰らへんのやろか」

「ダーリンが風邪みたいで、心配だから先に帰るって」

さやかがそう答えた時、先に教室を出ようとしていた健児が、ああ、と素《す》っ頓狂《とんきょう》な声を上げた。

「モッチーやん！」

「こんばんは、健児君」

皆も久しぶり、と分厚くて大きな封筒を掲げてみせて、長身の中年男性が笑っている。

遠足以来の、用瀬裕だった。

「モチ先生、どないしたん」

健児を突き飛ばして、蕗子が浮き浮きと、用瀬に駆け寄った。

温かな笑顔で、用瀬は、求められるまま蕗子に握手を返す。

「ちょっと職員室に用があってね。話が終わって、帰る前にちょっと皆に会いたくなって」

「ほな、一緒に帰りましょ」

良かったらお茶でも、と蕗子は上機嫌で用瀬を誘った。


件《くだん》のファミリーレストラン、周囲に客の居ないテーブルを陣取って、用瀬を囲むように、皆で席につく。

「新しい作品は、夜間中学をモチーフにしたものなんだよ。今日、ゲラが上がってきたので、表現に誤りがないか、江口先生や鈴木先生にチェックしてもらってたんだ」

夜間中学がモチーフ、と聞いて、さやかは嬉しくて飛び跳ねそうになる。用瀬の告白に、蕗子も健児も遠見も皆、目を輝かせた。

「いよいよやな、いよいよ俺の、漫画ヒーローとしてのモデルデビューや」

「待て待て健児。モデルやったら、わしやろ」

小競り合いを始める二人を放置して、蕗子が漫画家に問う。

「モチ先生、ゲラって何なん？　初めて聞く言葉やわ」

「ゲラ刷りと言ってね、本格的に印刷する前に、間違いがないかどうかチェックするために、仮に印刷されたもののことだよ。ちょっと小難しいかなぁ」

用瀬は脇《わき》に置いていた封筒を取り上げて、中から紙の束を出した。

「これがゲラだよ」

雑誌とは紙質が違って、白いコピー用紙の束のようだ。一枚目の右端に「校了台紙」の文字、それに「題名　まだ見ぬ友へ」と印刷されていた。

「『まだ見ぬ友へ』……。ええ題やなぁ」

遠見が早くも涙ぐんでいる。

ありがとう、と用瀬は嚙《か》み締《し》める口調で言った。

「『あってはならない夜間中学』、けれど『なくてはならない夜間中学』。この社会で、誰もが教育を受ける機会をちゃんと与えられて、全う出来ていれば、そもそも夜間中学は必要なかったんだ。でも、そうではなかった」

この国には、夜間中学を必要としているひとが、もっともっと大勢いる。けれど、その殆《ほとん》どが、夜間中学に辿り着けていない。

「届けたいんだ、私は。こういう学校がある、ということを、まだ夜間中学を知らないひとに。だから、この作品を描こうと思った。あなたたちと出会ったから、描けたんだ」

ありがとう、と用瀬はもう一度言って、テーブルに手をつき、額《ぬか》ずいた。

さやかたちは互いに潤んだ視線を交えて、頷き合う。

自分たちが学べているから、それで良い、というものではない。同じ境遇で苦悩している「まだ見ぬ友」たちに、夜間中学という存在を知らせたい――用瀬の「届けたい」という気持ちは、皆の想《おも》いと重なり合うものだった。

「用瀬先生、私、河堀夜間中学の生徒募集のポスターの制作を任されていて……。あと、単色印刷で作るビラも、似た感じに、と頼まれています」

さやかは鞄からスケッチブックを取り出し、用瀬に向かって開いてみせた。

「アドバイス、頂けませんか？」

用瀬はスケッチブックを引き寄せて、じっと見入る。

「ポスターとビラとで、イラストのバランスを変えたんだね。でも、正直に言って、ビラのイラストは、もっとシンプルな方が良いよ。最大でもB5サイズくらいだろうから」

ただ、と用瀬は考え込んだ。

「ただ、『夜間中学』『生徒募集』だけじゃあ、味気ないし。出来れば、一目見て『何だろう』と思ってもらえるインパクトも欲しい」

まさに、さやかが悩んでいたのも、その点だった。

どうしたものか、と思案にくれるふたりに、遠見がテーブル越し、身を乗りだす。

「せやったら、ビラのどっかに『まだ見ぬ友へ』いう宛名《あてな》を入れたら、どやろか」

ビラはまだ会うてへんけど、大事な友だちになるひとに宛てたラブレターのようなもんやから、と遠見は切々と訴える。

「それや！」

蕗子と健児が声を揃《そろ》えた。

ちょっ、ちょっと待って、とさやかは焦って早口になる。

「すごいアイディアやと思うよ。けど、用瀬先生の漫画が雑誌に載る前に、題名を使わせてもらうんはアカンのと違う？」

新作に対する用瀬の意気込みをよく知る身。彼の作品に少しの傷もつけたくないさやかだった。

さやかの指摘を受けて、健児は唇を捻《ね》じ曲《ま》げ、天井を睨《にら》む。

「ええ考えやと思ったけど、サヤサヤの言う通りかも……。今はネットの掲示板もあるし、作品が発表された時に『パクリ』とか言われかねへん」

いやいやいや、と用瀬はほろ苦く笑って、

「構わないよ。というか、むしろ、使ってくれたら嬉しい。生徒募集のビラも、漫画も、大事な誰かに宛てたラブレターだから」

と、言った。


遠くで、寒々とした犬の鳴き声が聞こえる。あとは音のない、しんと静まり返った夜だ。

さやかは自室の机に向かって、ビラの下描きに挑んでいた。

まだ見ぬ友へ。その一字一字を、丁寧に書き込んでいく。

引き続いて「一緒に、夜間中学で勉強」と書きかけた手が、ふっと止まった。

サヤカ、サワヤカ
スアンの声と、ノートに向かう姿が思い浮かぶ。

こちらの文章は、漢字に振り仮名を打つより、最初から平仮名にした方がええんと違うかな。

その方が、きっと易しいし、優しい。

下描きの端に、「さやか」と自分の名前を書いてみる。

さワヤカ、やサシイ、かシコイ。

爽やかでありたい。ひとに優しくありたい。そして、愚かではなく賢くありたい。「さやか」を形作る三文字に、祈りと寿《ことほ》ぎが溢れだす。

仮名の一文字一文字に吉凶はなくても、何かと組み合わせるだけで、まるで違う顔を見せる。

河堀夜間中学で学んでいなければ、おそらく、一生、気づけないままだっただろう。

まだ見ぬ友に、さやかが夜間中学で体験し、発見したことを余さず伝えたい。

ビラは、そうした相手と巡り合うための、最初の一歩になるだろう。

「本文の邪魔にならない、でも、心に響くイラスト……」

思い悩むさやかの耳もとに、歌声が聞こえて来た。

希望の灯《ともしび》　かかげつつ
今宵も集う　学《まな》び舎《や》に
力の限り　歩もうよ
英知よ　とわに栄《さか》えあれ
われら　夜間中学生

大阪の全ての夜間中学校で、校歌のように歌い継がれている「夜間中学生の歌」だった。二番の「くじける友の手をにぎり、今宵も集う学び舎に」と続き、三番まである。河堀夜間中学でも、式典の際に必ず全員で合唱するのが習いであった。

教育を受けることは、そのひとの人生に希望の灯を点《とも》すことだ。

さやかは深く息を吸い、鉛筆を握り直した。

掲示板の硬質ガラスの扉が開けられて、大判の手描きのポスターが張られる。

まだ見《み》ぬ友《とも》へ
いっしょに　やかんちゅうがくで　べんきょうしませんか？

「良いですね、とても良いわ」

扉を閉めて、江口先生が、惚《ほ》れ惚《ぼ》れとポスターを眺めている。

「こっちのビラも、素晴らしいですよ」

白衣姿の鈴木先生が、手中のビラを誇らしげに示した。

ポスターには生徒たちの学ぶ姿、ビラの方にはランプの下に開いたノート、それに鉛筆がシンプルに描かれている。

「希望の灯かかげつつ、今宵も集う学び舎に……『夜間中学生の歌』の歌詞と重なって、とてもええわ。潤間さん、ほんまに凄《すご》い」

江口先生が手を伸ばし、愛《いと》おしげにビラを撫《な》でた。褒められて、さやかの頬が朱に染まった。

「用瀬さんにも感謝やねぇ。あとは皆でビラ配り、気張らんと」

鈴木先生の一言に、遠見が胸を張り、どん、と叩《たた》いてみせる。

「先生、任せてや。わし、命がけで配るよってに……あ、痛たたたた」

背筋を伸ばした拍子に、腰が痛んだらしい。

腰を押さえて蹲《うずくま》る遠見に、

「親父《おやつ》さん、ビラ配りまでに、まずは、そのガラスの腰を何とかせな」

と、健児が笑いながら手を貸した。

下校途中の昼の生徒たちが、何事か、とさやかたちを見ている。

「あ、私らのポスター、出来たんよ」

見て見て、と蕗子が手招きした。足早に過ぎてしまう子も居れば、「どんなんなん?」と覗きに来る子も居る。

「これ、手描き?　めっちゃ上手やん」

「おおきに」

掲示板の前で、昼の部と夜の部の生徒たちの交流が始まっていた。

制服姿を前に、さやかは思わず後ずさりした。鈴木先生が、さり気なくその傍らに佇《たたず》む。

「あの子たち……昼の生徒たち、最初のうちは夜間学級に対して、不満ばっかり言うてたんよ。運動部の子たちは、校庭や体育館をもっと遅くまで使いたいのに、とか。吹奏楽部の子らも、もっと音を立てたいのに、とか」

さやかは鈴木先生の言わんとすることを計りかねて、黙ってその横顔を見た。

「夜間学級のこと、自分らの自由を制限する存在でしかない、と思うてたみたい」

首を捻じって、鈴木先生は、さやかに優しい眼差《まなざ》しを向ける。

「今年から、昼と夜、合同で行事をすることが増えたせいか、昼の子たちの夜間学級に対する考え方も、少しずつ変わってきたように、私は思うんよ。やっぱり、知ってもらうことって、ほんまに大事やねぇ」

あ、とさやかは思い出す。

文化祭に合同授業と、昼の生徒と夜の生徒の交流が盛んだったからこそ、自然に挨拶が交わされるようになったのだ。ただ、さやかは苦手意識が先に立って、逃げてばかりだった。

黙り込む生徒の肩を、ぽんぽん、と軽く叩いて、鈴木先生はそれ以上は語らずに、さやかのもとを離れていった。


二学期の終業式は、十二月二十五日。その二日前の日曜日に、生徒募集のビラの配布が行われることになった。

当日は天皇誕生日でもあり、翌月曜日は振替休日、河堀夜間中学の在《あ》る駅周辺にも、多くの人出が見込まれた。

その朝は、放射冷却でぐっと冷え込み、震えあがるほどの寒さだった。しかし、冬晴れの空は、深い青色で、今日一日の快晴を約束していた。

「行ってらっしゃい、さやか」

ビラ配りに出かける娘を、母親が送り出す。

その後ろから、父が顔を出して、

「さやか、あとで、父さんと母さんも、差し入れ持って応援に行くから」

と、声をかける。

「ええよ、ええよ。お父さんはせっかくの連休やん。家でゆっくりして」

「いや、手ぇは多いほどええやろ」

娘と夫の遣り取りを聞いていた母が、肩を揺らして笑いだす。

「さやか、あのねぇ、お父さんは原田さんと、現地で合流する約束をしてるんよ」

原田さん、と首を傾げたさやかだが、はたと気づいた。

「え？　もしかして、スアンのダーリン？」

そうそう、と母は大らかに頷く。

「遠足以来、えらい気ぃが合うてるみたいで。メールのやり取りもしてんねんて」

へぇ、意外、とさやかは父を見やった。思わぬ暴露をされて、父は照れたように笑っている。

ビラ配り終了後に、男ふたりで飲みにでも行くのだろうか。柔らかな気持ちになって、さやかは「じゃあ、行ってきます」と両親に手を振る。

三人の吐く息が、綿菓子のように広がり、優しく霧散していた。

「はい、皆さん、注目！」

分厚いセーターにウィンドブレーカーを羽織った江口が、高々と右腕を挙げた。

遠足の時と同じ、駅前広場。

教職員のほか、生徒たち五十名ほどが、学校での打ち合わせを終えて、広場に移動したところだった。

「先ほど伝えた通り、今日のビラ配りは、予《あらかじ》め場所と時間を決めて、警察に許可を取ってあります。違う場所で配ったり、時間を間違えたりしないようにしてくださいね」

少なくとも二人一組で動く、目標は一人百枚、無理はしない、等々。注意事項を念押しされて、ビラ百枚の束が次々に手渡される。

「足腰に自信のあるひとは、私と一緒にポスティングに回りましょか」

体格の良い男性教師が、その場で足踏みをして、何かを投げ入れる仕草をしてみせる。

「先生、何も横文字使わんでも、郵便受けにビラ入れて回る、て言うたらええやんか」

準備体操宜しく、身体《からだ》を解していた男性陣が、若い教諭を冷やかした。

各々、ビラの束を手に、割り当てられた場所へと散っていく。

「ほい、これ、サヤサヤの分。こっちは親父さんの。ほんで、これが蕗子さん、こっちがスアンの分や」

仲間の分をまとめて受け取ってきた健児が、百枚ずつを渡し終えると、

「さあ、ほな、円陣組んで、気合い入れるで」

と、四人を促した。

各自右手を差し出して、手と手を重ね、「ファイト！」「オー！」で拳にして振り上げる。

ポスティングに回るチームの面々が、「何かええなぁ」「青春してる感じやねぇ」と口々に言いながら、五人の横を通り過ぎて行った。


駅前には、スーパーや飲食店、小売り店等がテナントとして入っている大型の商業施設がある。駅からその施設に向かう通りには、多数のひとが行き交い、流れを作っていた。

蕗子と遠見は、その流れの中ほどに立ち、

「河堀夜間中学です。生徒募集してます」

「わしら、そこの生徒です。ビラ、どうぞ」

と、声を張り上げ、ビラを差し出す。

阿吽《あうん》の呼吸のお陰か、差し出された側は、殆どがビラを受け取っていた。

「へぇえ、夜間中学か」

「ほんまに在るんや、こんな学校」

そんな声も聞こえて来た。

健児は健児で、陸橋の下に立ち、降りてくるひと、これから上るひとに、巧みにビラを配る。

蕗子や遠見のような人生経験もなく、健児のような押しの強さもないさやかとスアンは、ふたりして怖気《おじけ》づいていた。だが、仲間の奮闘を見て、「頑張ろう」と互いに頷き合う。

ふたりは通りの反対側に向かい、商業施設に出入りする人たちに向かって、声をかけ始めた。

「河堀夜間中学でーす」

「一緒ニ勉強シマセンカー」

しかし、差し出せど、差し出せど、ふたりの手からビラを受け取る者はいない。視線も合わさず、まるで、さやかたちが存在していないかのように、目の前を通り過ぎていく。

何でやの、何で、誰も受け取ってくれへんの？

どれほど焦ろうと、手の中のビラは一枚たりとも減りはしない。

「サヤカ、私、アッチ行ッテミル」

商業施設の反対側の出入り口を指して、スアンが駆けだした。

心細いだろうに、果敢《かかん》に挑んでいく友の姿に、さやかは何とか己を奮い立たせる。

信号が青になり、大勢のひとが、一斉にこちらへと向かってきた。

「河堀夜間中学です。義務教育を受けられなかったかた、読み書きから始められ」

最後まで言い切らないうちに、男の太い腕が伸びて来て、強い力でさやかの手を払い除《の》けた。

「あっ」と声を上げる間もなく、ビラは束ごと、さやかの手を離れた。

抗《あらが》う隙《すき》もなかった。

鈍い音を立ててビラは落ち、足もとへと散らばっていく。

突然の出来事に理解が追い付かず、さやかは啞然《あぜん》として、相手を見た。

女連れの、若い男。年齢はさやかくらいか。重い前髪にライトブラウンのメッシュ、その隙間から、カラーコンタクトを装着した両眼《りょうめ》が覗く。

「阿呆《あほ》ちゃうん」

白いダウンベストにローライズデニム、という今年の流行を纏《まと》った男は、

「今時、読み書き出来んヤツなんか、居るわけないやんけ。邪魔なんじゃ、ボケ」

と、吐き捨てた。

露出度の高いセーターを着た女が「読んだり書いたり出来へん、て、ありえへんわぁ」と、連れの男に同調する。

足もとのビラを踏みつけて二人が去って、漸《ようや》く、さやかは我に返った。

悔しい。

悔しい。悔しい。

何も言い返せなかった自分に、腹が立つ。

読み書きが出来ない辛さ、文字を奪われたまま生きる苦しみ、学校に行けない悲しみ――あんたらには一生、わからへんやろ。

さやかは悔し涙を懸命に堪《こら》えて、地面に這《は》い蹲《つくば》り、落ちたビラを拾っていく。雨や風の悪さはないものの、思いがけず四方に散っていた。

拾おう、と伸ばした手が、最後の一枚に届く前に、別の方向から腕が二本、伸びて来た。

視線を上げると、十三、四歳、と思《おぼ》しき少女がふたり、躊躇《ためら》いがちにさやかを見た。

温かそうなジャケットの子と、上着はない代わりにマフラーを何重にも首に巻いて防寒してい

る子。

「あの……」

ふたりのうち、マフラーの子が立ち上がって、おずおず、と尋ねる。

「もしかして、河堀夜間中学の人ですか？」

問われて、さやかも「ええ、そうやけど」と腰を伸ばした。

少女たちは、安堵《あんど》したように互いを見合ってから、

「私たち、河堀中学の二年生なんです」

と、今度は声を揃える。

制服姿の生徒たちの姿が浮かんで、

「ああ……昼の……」

と、さやかは応じた。

仲の良い同級生同士、一緒に買い物に来たところで、偶然、ビラ配りに出くわしたのだという。

戸惑うさやかに、ふたりは、

「私たちにも、ビラ配りを手伝わせてもらえませんか？」

「学校の掲示板のポスターで、夜間部が生徒募集してるのを知ってました。ビラ配り、手伝わせてください」

と、申し出る。

返事も出来ずに、身体を硬直させているさやかの手から、ビラの束が抜かれ、三分の一ほどが

また戻された。

少女たちはビラを胸に抱えて、商業施設から出てくるひとたちに、思い切りよく立ち向かって行く。

「河堀中学でーす」

「うちの夜間部のこと、知ってくださーい」

力一杯に声を上げ、彼女たちは通行人にビラを差し出す。

無視するひと、開いた掌を押し出して強く拒むひと、要らない要らない、と強く頭《かぶり》をふるひと等々で、手の中のビラは全く減らない。

それでも、ふたりは諦めずに、

「河堀夜間中学は生徒を募集していまーす」

「うちらの学校の夜間部のこと、どうぞ知ってくださーい」

と、懸命に声を張る。

溢れ出した涙を、手の甲で拭《ぬぐ》って、さやかは顔を上げる。

容易《たやす》く諦めてなるものか。

そんなに簡単に凹《へこ》んで堪《たま》るか。

さやかはビラを手に、彼女たちの前へと躍り出た。

「河堀夜間中学です。生徒募集のビラです。ぜひ、受け取ってください」

拒まれても、拒まれても、さやかは、

「戦争や貧しさや病気で、学校に行けなかったかた、読み書きから学べます。授業料や教科書代の負担はありません。一緒に、河堀夜間中学で勉強しませんか」

と、声を張り上げ続ける。

文字を知らないことを、周囲に悟られまい、と生きているひとたち。

今更、「学校へ行きたい」と周囲に言えないひとたち。

学びたくとも、生活が苦しく、学費を捻出《ねんしゅつ》できないひとたち。

そんなひとたちに、伝えたい。夜間中学がありますよ、と。

まだ見ぬ友へ届け！　届け！　とばかりに、さやかは懸命に叫ぶ。

ちらほら、と足を止めて、さやかたちを気にする通行人が現れ始めた。

「夜間中学って、前に映画の題材になってた、あれか？　西田敏行が教師役を演《や》ってた」

「河堀中学って、駅の向こうの学校やろ？　夜間部もあったんか」

そんな囁き声が聞こえる。

さやかは声の主たちへ、

「周りに、夜間中学を必要としておられるかたは、居ませんか？　どうか、夜間中学のこと、周囲に広めて頂けませんか」

と、呼びかけた。

まだ見ぬ友へ、と書かれたビラに手を伸ばすひとが、ひとり、またひとり、と続いていった。

# 最終章　星の教室

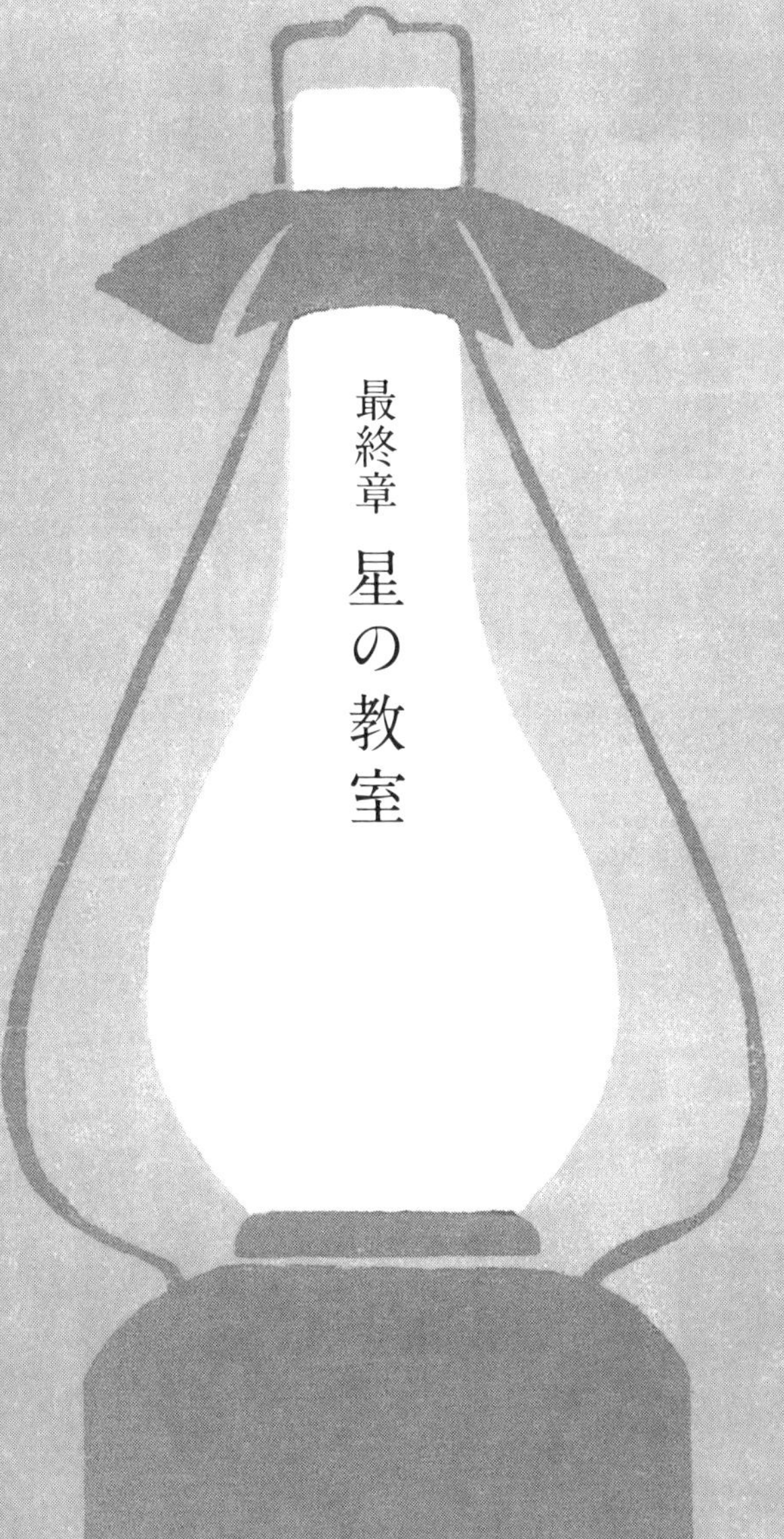

二〇〇二年、元日。

天候にも恵まれて、良い年明けとなった。

大阪天満宮《てんまんぐう》は、初詣の客で混雑を極めていた。昨年は国の内外ともに物騒な事件が続いたため、新年が佳《よ》き一年になるように、と誰《だれ》もが願う。

潤間一家も、拝殿を前に横並びになり、柏手《かしわで》を打って、各々、祈りの時を過ごした。

家族の健康と自身の学業成就を願って、顔を上げると、まだ両親は祈りの最中だった。

さやかはこの春、二十一。そして、中学三年生に進級する。進路をどうするか、悩ましい年になる。両親の長い祈りも、おそらく、そのことと無縁ではない。

「少し遠出になったけど、良い初詣やったな」

初詣のあと、買い物客でごった返す天神橋筋《てんじんばしすじ》商店街を歩きながら、父がつくづくと言い、母がこっくりと頷《うなず》いた。

三人揃《そろ》っての初詣は、さやかが小学六年生の時以来だった。

家族として機能していなかった、歳月。以前のさやかなら、自分が苦しんだことばかりを思っただろう。しかし、今は……。

さやかはふたりの間に割り込み、そっと右手を父、左手を母、それぞれの腕に添えた。両親は互いを見合い、各々、娘の手をぽんぽん、と優しく叩《たた》いた。

「色々、難しいこともあるやろけど」

平らかに、父が続ける。

「ええ年に、しよな」

うん、とさやかが頷き、「ええ年にしましょね」と母が繰り返した。

初売りの声、福袋を勧める声、新年の挨拶を交わす声。屋台でベビーカステラや玉子煎餅《せんべい》を焼く、甘い香りが漂う。振袖《ふりそで》姿はあまり見ないが、行き交う人々は皆、満ち足りた表情をしていた。

長い長い天神橋筋商店街を、親子は連れ立ってゆっくりと歩いていく。


「うわ、三年生の教室、もう生徒さんが来てはる」

三学期に入ってすぐの第二火曜日、掃除当番で早めに登校したさやかは、隣りの教室を覗《のぞ》いて、驚きの声を上げた。

いつも早めに来る生徒は数人居るが、二学期に比して、格段にその数が増えていた。

「当たり前やんか。うちの学校、高校を受験するひとも結構いてるんや。私立は二月、公立は三月が入試やし、そろそろケツに火ぃ点《つ》く頃《ころ》やろ」

何でもないように言って、健児は二年三組の教室の戸をがらりと開けた。こちらはまだ、誰も来ていない。

「自習室とかないし、授業が終わってからの居残りも出来へん。早めに来て勉強するほか、ないん違うか」

健児の言い分に、なるほど、とさやかは納得する。

河堀夜間中学では、卒業生との交流も盛んで、年に一度、その話を聞く機会が設けられていた。定時制高校に入る者、全日制高校に進む者、読み書きに今一つ自信がないからと識字教室に通う者、卒業を一つの区切りとする者。選ぶ道は色々で、励まされたり、感心したり、安堵《あんど》したり、と随分参考になる。

ただし、高校進学を希望したとしても、入試をクリアしないと、前に駒《こま》を進めることが叶《かな》わない。何とか合格を手にしよう、と今、三年生たちはああして踏ん張っているのだ。

ファイト！　ファイトや！

心の内で、さやかは先輩たちにエールをおくった。


次の授業まで、休憩時間は五分。

いつもなら手洗いにいくはずの蕗子が、数学の教科書を開いたまま、嘆いている。

「ああもう、数学とは、ほんまに気ぃが合わへん……。目で煎餅を嚙《か》め、て言われてるようなもんやわ」

まぁまぁ、とさやかは蕗子を宥《なだ》めて、「どれがわからへんの？」と、後ろから級友の手もとを覗き込んだ。

どうやら、連立方程式で手こずっているらしい。

「前の教科書を引っ張り出して、読み直してるんやけど、全然、わからへんのよ」

「真面目《まじめ》やなぁ、蕗子さんは」

トイレからズボンで手を拭《ふ》き拭き戻った遠見が、

「足したり引いたり、掛けたり割ったり、計算さえ出来たら、別に困らへんやないか。わしなんか、それで充分やて思うてる。方程式とかいうんが出来んでも、全然、オッケー牧場やろ」

と、妙な慰め方をする。

いやいやいや、と健児が音鳴りしそうな勢いで手を振った。

「俺や親父《おやつ》さんは、それでオッケー牧場やけどな、蕗子さんは、高校を受験するつもりやねんで。今からコツコツ頑張っとかな」

一年なんかアッと言う間や、という健児の言葉に、蕗子は「ああ」と低く呻《うめ》いて教科書に突っ伏した。

「始業チャイム、もうとうに鳴ってますで」

教壇で、数学の担任が苦笑いしている。

一次方程式に連立方程式、と中学で学ぶ数学は、一気に難解になる。三年生になれば、因数分解という手強そうなものも待ち受ける。

遠見の言っていた通り、別にそれらを知らずとも、日々の暮らしに支障はない。つい、疎《おろそ》かになりがちだった。

同学年同士でも、昼の部と夜間部とでは、理解力に大きな隔たりがあるため、数学担任は、教科書ではなく、平易なプリントを用いて授業を行っていた。おそらく、三年に進級したとして、このスタイルは変わらないのではないか。

けど、受験となると、それで大丈夫なんやろか……。

受験も含めて、将来のことはゆっくり決めれば良い、と思っていた。だが、春には三年生。そろそろ真剣に考えておかないと、と思うさやかだった。

全日制と定時制、そして通信制。

大阪府内の公立高校には、大きくその三種がある。全日制は平日の日中に学校へ通い、学んで、修業年限は三年。定時制は夜間に授業を受けて、修業年限は四年。通信制はレポート提出など通信で学び、修業年限は三年ないし四年。

河堀夜間中学生のうち、高校進学を希望する者が念頭に置くのは、大概が、公立の定時制高校であった。先輩たちが通っていることもあり、充実した高校生活を思い描ける。

受験科目は、国語と数学と英語。だが、年配者に対しては、面接と小論文のみで選考する高校もある。

小論文、というと堅苦しいが、「中学生活で得たもの」、「私の夢」などの与えられたテーマで、作文を書くこと。学力検査ではないので、受ける側のハードルは、かなり下がる。

「蕗子さんは、定時制志望なん？　せやったら、面接と作文で行けるやん。何も、躍起になって数学の勉強する必要ないいんと違うん」

補食の時間、差し入れのみかんを食べながら、健児が蕗子に尋ねる。

それはそうやねんけど、と蕗子はみかんの筋を取りつつ、

「もし高校に入れたとして、数学で躓《つまず》くんはイヤやんか。せやさかい、今のうちに、ちゃんと勉強しておきたいんよ」

と、答えた。

「蕗子さん、凄《すご》い」

さやかは思わず、嘆息する。

「受験のために数学がんばる、って言うならわかるけど、高校入ったあとのことまで考えて、って。ほんまに凄い」

級友からの称賛に、いやいや、と蕗子は弱った体《てい》で首を左右に振った。

「この間、江口先生から聞いたんやけど、私らが三年生になるこの春から、学校は日曜だけやのうて、土曜日も休みになんねんて」

「週五日制……うん、新聞でも話題になってたね」

国は「ゆとり教育」を掲げて、今年四月から、全国の小中学校において、完全週五日制の実施に踏み切るという。当然、授業時間も、大幅に削減されることになる。

「今でさえ、数学の授業についていくん、大変やのに、どないなるやら」

手の中のみかんをじっと見つめて、蕗子は肩を落とした。

「わしらの大事な勉強時間を……。ほんまに、国は余計なことしかせえへん」

激しく憤っている遠見を、「まあまあ」と健児は宥める。

「休みが増えるんは、悪いことばっかりと違うやろ。ただ、みっちみちの授業やと、生徒も先生も、しんどなるなぁ。まぁ、学習内容とかも、それに合わせて削るんやろけど」

健児の一言に、一同は眉《まゆ》を曇らせるしかない。

ずんと重くなった雰囲気を変えようとしたのか、健児が、

「サヤサヤは全日制なん？　それとも定時制なんか？　まぁ、サヤサヤやったら選びたい放題やろけどな」

と、軽やかに尋ねた。


その日、皆と別れての帰り道、さやかはひとり、電車に揺られていた。外気は寒く、車内は暖房と人いきれで暑いほどだ。

新年会帰りの会社員や学生に交じって、受験生と思《おぼ》しき中学生、高校生たちが問題集と格闘している。

あの子たちは、何で進学するんかなぁ。はっきりした目標があるんやろか。

自分があの年齢なら、おそらく「進学はするものだ」程度の意識で、受験を決めたと思う。けれど、今は、「ただ何となく」や「とりあえず」で高校に進むことに、どうにも躊躇《ためら》いがあった。

以前、正子《チョンジャ》ハルモニとの遣り取《やと》りで、「学び」とは、誰にも奪われないものを自分の中に蓄えることだ、と悟った。

誰のためでもない、自分自身のため、自分の人生のために学ぶのだ、と。

では、これから先、一体、自分は何をどう学び、この先の人生に、どう生かしていけば良いのだろうか。それを見定められないうちに進学を決めてしまうことには、迷いがある。

扉の脇《わき》のスペースに立っていたさやかは、縦長の窓ガラスが白く曇っていることに気づく。目立たぬよう、そこに人差し指で「さ」と書いてみた。

さやかの「さ」、さわやかの「さ」。

スアンとの遣り取り、あの遣り取りが、さやかの心の土壌に、小さな種を蒔《ま》いていた。あまりに小さくて、無事に芽を出すかどうかもわからない。だが、さやかには、それが夢の種であることがわかっていた。

大事に大事に守り育てて、芽生えさせ、いずれ花を咲かせられますように――それは、祈りにも似た想《おも》いだった。


「さやかちゃん、用瀬先生の『まだ見ぬ友へ』、最高やったで。夜間中学のこととか、さやかちゃんから聞いてる話と重なって、もう胸が一杯になってなあ」

さやかがアガサに姿を見せるなり、緒方店長が興奮冷めやらぬ口調で言って、漫画誌を示した。

「さやかちゃんの分、と思って、二冊、買うといたんや」

あちゃあ、とさやかは眉を下げ、鞄《かばん》から同じく厚めの青年誌を取り出す。

「私も、店長の分と思って……」

「何や、さやかちゃんもかいなぁ」

用瀬裕の作品が掲載された、特別号。店長と従業員は互いの本を見やって、思わず噴きだした。

今日は、その特別号の発売日だ。

さやかは書店が開くのを待って、一番乗りで、店長の分と合わせて二冊を入手した。待ちきれずに電車の中で読み始め、駅のベンチに座って、夢中で続きを読んだ。

人生に挫折《ざせつ》した中年男が、夜間中学に出会い、自分を取り戻していく物語。

「何やの、これ。まんま、用瀬さんのことやんか」

笑いながら、けれど、泣けて泣けて仕方がなかった。

――創作の世界で生きてきながら、自分は何て、文字や言葉を蔑《ないがし》ろにしてきたのか、と。そう思わない日はないんだ
ページを捲《めく》る度、用瀬の想いが、こちらにまで溢れてくるようだった。

さやかの感想を聞いて、緒方店長は、うん、うん、と幾度も頷いた。ふたりで、あれこれと話しつつ、開店準備を済ませる。

BGM代わりのFMラジオを店内に流すと、丁度、ケツメイシの「トモダチ」という新曲が掛かった。聞くともなしに耳を傾けていた店長が、ふと、

「『まだ見ぬ友へ』の作中に、高校進学の夢を語るおばあさんが居たやろ？　今年、さやかちゃ

んの先輩の中にも、高校を受験するひとは居るんやろか」

と、尋ねた。

「はい、受験勉強のために、早くから登校して、頑張ってはりました」

二月、いよいよ受験シーズンの到来だった。

大阪府下の私立高校で入試が始まり、早いところでは合格発表も終わっている。公立の一般入試は全日制、定時制ともに来月で、河堀夜間中学では、公立志願者が殆《ほとん》どだった。

「そうか。さやかちゃんもきっと、来年はその一人になるんやね」

一年なんて、あっと言う間やろなぁ、と店長は吐息交じりに洩《も》らして、さやかの方へと身体《からだ》ごと向き直った。

「あんなぁ、さやかちゃん。高校に進学しても、出来たらバイト、続けてもらわれへんやろか。全日制に進学するんやったら、休みの日ぃだけでもええから。もしも定時制なら、これまで通りに勤めてもらえたら、ほんまにありがたい」

真摯《しんし》な眼差《まなざ》しと、思いの籠《こも》った語調だった。

それは、とさやかは言い淀《よど》む。

学校でも、それにここでも、さやかの高校進学が当然の前提になっている。誰も、さやかがその点に戸惑っているとは、思いもしないのだ。

さやかの迷いを、店長は誤解したのだろう。

「せやなぁ、全日制の高校やと、バイト禁止のとこも多いよってなぁ。まあ、今すぐどうこう詰める話でもないわな」

堪忍、堪忍、と緒方は寂しそうな笑顔をさやかに向けるのだった。


通学路にある地蔵尊の祠《ほこら》は、沈丁花《じんちょうげ》の生け垣の前に鎮座《ちんざ》している。普段は見向きもされない生け垣だが、三月の声を聴く頃、小さな蕾《つぼみ》を次々に開花させて、辺りを芳《かぐわ》しい香りで満たす。

ええ匂《にお》いやなぁ。

路地の前で足を止めて、さやかは、胸一杯に沈丁花の香りを吸い込んだ。甘やかで爽やか、強いけれど優しい匂いで、気持ちが安らぐ。

幸せな心持ちで祠へと向かうと、身を屈《かが》めて地蔵尊に手を合わせる。

お陰様で、私は昨日、二十一歳になりました――誕生日の報告をして、深く頭を下げる。

胸ポケットには、真新しいボールペンが差してある。万年筆とセットで、両親から贈られたものだ。遅ればせながらの河堀夜間中学への進学祝いと、誕生日プレゼントを兼ねていた。

昨日、三月三日は日曜日だったので、アガサでのバイトのあと、両親と待ち合わせて買い物に行き、夜、家でささやかに祝盃をあげた。その時にふたりから、名前を刻印した筆記具のセットを手渡されたのだ。

「私らの世代は、中学進学のお祝いにもらうんは、大概は万年筆やったんよ。ワープロやパソコンのある今の時代には、そぐわんかも知れへんけど」

母の言葉に、父が、

「大切な文書や手紙はこれからも手書きやろうし、大人になると自署を求められる機会も増えるからな」

と、添えた。

九年前の進学時には、腕時計を贈られている。今は、ほかの何でもない、筆記具を選んでくれたことが、さやかには嬉《うれ》しかった。

「ボールペンは胸ポケットに差して、普段、使わせてもらうね。万年筆は何か大事な……」

言いさして、さやかはふと、父の言う「大切な文書」の意味に思い至った。

「高校の入学願書の時に使えたらええんやろけど……ゴメンなさい、まだ心が決まらへんの」

二十一歳、来春には二十二歳になる。通常ならば大学を卒業する年齢だろう。高校は、さやかにとって、何も考えずに行くところではなかった。

さやか、と父は声低く娘を呼んだ。

「父さんも母さんも、そないな料簡《りょうけん》でこれを選んだわけと違う」

進学のための願書だけではない。履歴書、婚姻届、出生届等々、人生にはこの先、幾つもの岐路があり、それに伴い、文書への自署を求められる。さやかにとって大事な局面で、使ってほしいと思っている。

「私たちは、親として未熟やった。けれど、この一年、さやかが夜間中学生として過ごす姿を見せてくれたお陰で、子どもにとってのほんまの幸せが何か、深く考えるようになったし、腹も据わった。さやかの人生はさやかのものや。お前の思う通りに、生きてほしい。私ら親に出来るんは、子どもの決めた道を、その行く道を、見守るだけや」

筆記具ならば、いつも黙ってさやかの人生に寄り添うことが出来る——昨夜の両親との遣り取りを思い起こして、さやかは胸もとのボールペンをそっと押さえた。

両親の想いを、決して疎かにしない。さやかは、改めて自身に誓う。

「あ、さやかちゃん」

キキキーッという自転車のブレーキ音とともに、さやかを呼ぶのは蕗子だった。

「蕗子さん、今日も早いね」

「さやかちゃんこそ。ああ、沈丁花、ええ匂いやねぇ」

自転車から降りて、蕗子は鼻をすんすんと鳴らす。

「この花が咲いたら、河堀夜間中学では卒業式の季節なんよ。何や、しんみりしてしまう」

幾度も幾度も卒業生たちを見送ってきた、と蕗子は切なそうに洩らした。

この週末に「卒業生を送る会」、そして来週はいよいよ卒業式だ。先輩たちを歌で送るべく、在校生たちは時間を見つけては練習に余念がなかった。

「ああ、せや、さやかちゃん、昨日、誕生日やったね」

雛祭《ひなまつ》りと同じ日やから覚え易うて、と言いながら、蕗子は自転車の前籠《まえかご》から、リボンのかかった紙包みを取り出した。

「はい、お誕生日、おめでとうさん」

「うわぁ、ありがとう」

受け取って包みを開いてみれば、手縫いのトートバッグで、可愛《かわい》らしいクマのアップリケが縫い付けてある。

「あっ、これ！」

「せやの、私とお揃いやよ」

蕗子は身体を捻《ね》じり、背中のリュックを示した。


三月十四日。

河堀夜間中学校では、厳かに卒業式典が開催される運びとなった。

講堂の入り口には、ボードが持ち込まれ、その全面に、沢山の祝電が押しピンで留められていた。代々の卒業生や教員らの祝電に交じって、「祝　ご卒業」だけの祝電があった。不祥事が記事になり、教職を退いた、あの田宮先生からだった。

せめて卒業していく生徒たちに祝福を届けたい、との想い。恩師の電報に見入る教え子たちの眼《め》は、いずれも温かかった。

全校生徒、教職員、卒業生の家族たちが講堂に集まって、無事の門出《かどで》を心から寿《ことほ》ぐ。在校生と卒業生は皆で「今日の日はさようなら」と「夜間中学生の歌」を熱唱した。

「今は『仰げば尊し』とか『蛍の光』とか歌わへんのやな」

「けど、ええ歌詞やわ。確か、森山良子《もりやまりょうこ》が歌うてたで」

家族席から囁《ささや》き声がしていた。

進学する者、新たに識字教室に通う者、病気療養に専念する者、等々。無事に卒業できる喜びと、これから夜間中学を離れて生きる心細さ。それらを涙に託して、三年生たちは卒業証書を胸に抱き、満場の拍手に送られて巣立っていった。

「祭りが終わったあとみたいで、えらい寂しいもんやな」

手分けして撤収作業に入っていた時、パイプ椅子《いす》を片付けていた遠見が零《こぼ》した。

「明日からもう学校に来られへん、となったら、わし、寂しいて堪《たま》らんし」

それな、と健児は相槌《あいづち》を打つ。

「けど、公立高校を受けてる人らは、発表がまだやから、宙ぶらりんな気持ちやろな。晴れ晴れと卒業式、迎えさせたったらええのに」

健児の台詞《せりふ》に、さやかも深く頷いた。

今回、卒業した生徒の中に、さやかより一歳下の女性が居る。さやかと同じように不登校で義務教育未修了、河堀夜間中学に入って二年で卒業に至った。

学年が同じなら、もっと深く交わることも出来たかも知れない。合同授業などで幾度か話したことがあるが、どちらも人見知りな性格のためか、会話はさほど弾まなかった。

その彼女が、公立の全日制高校を受験した、と聞いている。

夜間中学の授業だけで入試を突破する力をつけることは至難の業ではないか、とさやかは思う。

保健室で養護教諭の鈴木と一緒にいるところを見かけたが、進学についても、相談に乗ってもらっていたのだろうか。

「来年は、私らの番やねんねぇ」

壇上から降ろされる校旗を、眩《まぶ》しそうに見やって、正子ハルモニがぽつりと言った。

公立高校の一般入試の合格発表があったのは、卒業式の五日後。全日制は午前、定時制は午後だが、同日の発表だった。

昼、夜、ともにまだ春休みに入る前で、生徒たちは通常通りに登校していた。結果を知らせに母校を訪れる私服姿の卒業生が、ちらほらと交じる。

「やばい、制服の採寸までに瘦《や》せやんと」

「合格のお祝いに、ディズニーシー、親にねだろうと思ってるねん」

校門から校舎へと続く階段の途中で、喜びに弾《はじ》ける十五歳たちとすれ違った。さやかは逸《はや》る気持ちを抑えて、階段を駆け上がり、古い校舎へと急いだ。

二年三組の隣りの教室に、ひとの気配はない。職員室を訪ねれば、六十代と七十代、二人の卒業生が教師たちに囲まれて、定時制合格の祝福を受けていた。ほかに生徒の姿はなかった。

もしや、と思い、階段を駆け上がって保健室を覗けば、養護教諭の鈴木が一人、机に向かって書き物をしていた。

「潤間さん、どないしたん？」

さやかに気づいて、鈴木先生は優しく手招きして、傍らの椅子を示した。

「何か困ったことでもあった?」

「いえ……その、今日、全日制の一般入試の発表があったから……その……」

他人の合否を知りたがるのは、卑しいことのように思えて、さやかはその先を口に出来なくなった。

俯《うつむ》くさやかの顔を、鈴木先生は覗き込んだ。

「齢《とし》も近いし、心配してくれてたんやね。彼女のこと」

卒業生の個人名を出さずに、教師は穏やかに続ける。

「ついさっき、合格を知らせに来てくれたんよ。お兄さんと一緒に」

今から兄妹《きょうだい》で両親の墓前に報告に行く、と言って帰っていった、とのこと。

「交通事故で亡くなったご両親の、今日が丁度、三回忌なんやて。仏前にええ報告が出来ます、とお兄さんが男泣きしてはった」

さやかは顔を上げて、鈴木先生を見た。自分でも頬《ほお》が紅潮するのがわかった。

「良かった……ほんまに、良かった」

あとは、言葉にならない。

そんなさやかに、うん、うん、と頷いてみせて、先生はぎゅっと目尻《めじり》に皺《しわ》を寄せる。養護教諭は、ただ黙って、目の前の生徒が自分から胸のうちに抱えることを話しだすのを、待っているようだった。

チャイム

ケチャップ
チャンネル
識字クラスの生徒たちだろう、単語を読み上げる声が、ここまで届いていた。片仮名の「チャ」を学んでいるらしい。

「昔……中学一年の二学期に、ひと月、入院しました」

さやかは漸《ようや》く、唇を解いた。

「同級生たちから暴力を受けて、肋骨《ろっこつ》を折られたんです。でも、誰にも、本当のことを話せなかった。退院して、最初の登校日……本当に、やっとの思いで登校したんです」

次第に声が揺れ始める。さやかは一旦口を噤《つぐ》んだあと、教師を見た。

「下駄箱《げたばこ》の蓋《ふた》を開けると、そこに『シネ』と……片仮名で『シネ』と書かれていたんです。一瞬、何のことかわからなくて」

それが「死ね」だとわかった時に、自分の中で何かが壊れてしまった。

あれだけの目に遭《あ》わされた上に、さらに「死ね」と命じられるのか、と。

取り乱しそうになるのを、さやかは懸命に堪える。

チューインガム、チューブ、と識字クラスの音読はまだ続いている。

「この学校に来て、スアンたちと出会って、文字や言葉について、色々……色々、考えるようになりました。先生、私……私は……」

自身の想いを、どうやって言葉にすべきか、考え、迷い、さやかは訥々《とつとつ》と、眼前の教師に打ち明けていく。

「文字の組み合わせが、誰かを苦しめることもあれば、大きな喜びをもたらすこともあるって……そのことを、伝えたい。誰かが、文字や言葉に出会う時、その傍らに居たい……」

話しながら、さやかは、自身の中に眠る小さな種が、殻を破って土から顔を出そうとしているのを感じる。

平仮名、片仮名、漢字。人生を支えていく文字や言葉を、その意味を一緒に考え、良い方に導けるような……。

深く息を吸い、ゆっくりと吐き出して、気持ちを整える。

鈴木先生、とさやかは相手を呼び、噛《か》み締《し》めるに似た語勢で続けた。

「先生、私、教師になりたいです。文字や言葉を、国語を教えるひとになりたい」

ただ、とさやかは僅《わず》かに躊躇う。

「ただ、一口に国語の教師と言っても……それに、私には、大それた夢かも知れない……」

芽吹いた夢は、早くも儚《はかな》く潰《つい》えてしまいそうだった。

鈴木先生は暫《しば》し思案し、徐《おもむろ》に口を開く。

「小学校、中学校、高校。何処で教えるかによって必要になる免許も違う。おまけに、最近では日本語教師、というのもあるし。潤間さんが言う通り、教師といっても色々あるから、迷いがあって当然なんよ。でもね、潤間さんは夢の輪郭を手に入れたんやと思う」

夢の輪郭、とさやかは相手の言葉を繰り返した。

そう、夢の輪郭、と鈴木先生は柔らかに笑みを浮かべる。

「ひとを教え、導くには、あなた自身が、もっともっと学ばないとあかんのと違うかしら。その努力をする前に『大それた夢』と怖気《おじけ》づくのは、違うように思うよ」

せっかく輪郭を得たのだから、時をかけて内容を充実させる。それこそが夢を実現させる道ではないか――鈴木先生の助言は、さやかの胸に真《ま》っ直《す》ぐに届いた。

チッチッチッチ。

ラジオを切ったままの室内、時計の秒針を刻む音だけが、やたらと大きく響いていた。

明後日に春分を控えながら、底冷えのする夜だ。

ヒーターの電源を入れることも忘れて、さやかは開いたノートを前に考え込んでいた。

――ひとを教え、導くには、あなた自身が、もっともっと学ばないとあかんのと違うかしら

――その努力をする前に『大それた夢』と怖気づくのは、違うように思うよ

鈴木先生の声が、エンドレスで頭の中を流れている。

さやかは筆箱から、万年筆を取りだした。両親から贈られた、件《くだん》の万年筆だ。

キャップを開けて、ペン軸を握る。

見開きのノートの左頁に、まず大きく、片仮名の「シ」と書いた。次いで、その下に「ネ」。

シネ

中学一年生のさやかを、絶望の淵に沈めて浮上できなくさせた、二文字だった。当時の記憶が

蘇《よみがえ》って、息苦しくなる。

動悸《どうき》の収まるのを待って、両親の祈りの籠った万年筆を強く握り直す。

今度は右頁に「アワセ」、「ガウ」と横書きする。ペンを置き、インクの乾くのを待って、さやかはそっと左右の頁を撫でた。
シ　アワセ
ネ　ガウ
幸せ、願う。

文字の組み合わせで、呪いの言葉を、祈りの言葉に。

思いがけず酷《ひど》い言葉を浴びたとしても、それを跳ね返せる言葉を。

誰かを貶《おとし》めたり、深く傷つけたりする言葉ではなく、その命に寄り添い、ともに生き続けられる言葉を。

過去の自分のような立場に置かれた生徒とともに、光の方へと歩む生き方を。

そのために、言葉の成り立ちを知っておきたい。もっともっと、語彙《ごい》を豊かにしたい。もっともっと、学んでおきたい。

明日を、諦めないために。

人生を、手放さないために。

ああ、そうか、とさやかは思う。これこそが、夢の輪郭なんや、と。

輪郭だけで終わらせないために、すべきことをしよう。さやかはそう決めて、傍らの万年筆にそっと手を重ねた。

次の大会の課題曲だろうか、吹奏楽部の演奏が、延々と聞こえている。軽快なミニシンフォニーだ。

「ありがとうございました」

担任の江口に一礼して、さやかは職員室を出る。

昼夜ともに三学期の授業は今日で最後なのだが、夜間学級の始業時間までまだ随分あった。時を惜しむように、吹奏楽部の練習は続いていた。

高等学校の就業年数は、定時制なら四年、全日制なら三年。一年でも早く先へ進みたいなら全日制だし、生徒の年齢に幅があって馴染《なじ》みやすいのは定時制だろう。いずれにせよ、選択肢を広げるためにも、まずは一般入試に耐えるだけの実力をつけておくこと。

大阪府下の公立高校では見学会があるし、卒業生の体験談を聞く機会を設けるので、志望校を決める際の参考にすること。

江口先生からのアドバイスを思い返し、さやかは両の手を拳に握って「よし！」と自身に気合いを入れた。

「サヤカ！」

振り向けば、こちらに駆けてくるスアンの姿が目に入った。後方に、健児の姿も在《あ》る。

「スアン、健児君、相変わらず早いね」

さやかに駆け寄り、息を切らせていたスアンだが、「おや?」という風に友を見た。

「え? 何?」

まじまじと顔を見られて、さやかは「何かついてる?」と手の甲で頬の辺りを拭《ぬぐ》った。

その手を押さえて、スアンは言う。

「サヤカ、何時《イツ》モト違ウ。リリ……リリ……リリ……」

どうやら、リで始まる単語を思い出そうとしているらしい。リリリリ、と繰り返し、スアンは煩悶《はんもん》する。

「何か、鈴虫みたいやで、スアン」

大笑いし過ぎて、健児は涙目になった。

「多分、『りりしい』やろ、それ」

スアンに正解を教えたあと、健児は、さやかをちらりと見て、にっと笑った。

「なぁ、スアン。誰でも腹が据わった時、こんなきりっとした顔になんねんで」

覚えときや、と健児は付け加える。何処となく、嬉しそうな声音だった。


学年を締《し》め括《くく》る、三学期最後の授業は体育だった。

第二学年合同授業のため、一組、二組、三組の生徒が校庭に集まっている。

昨日の雨模様から一転、今日は快晴だったため、美しく磨かれた夜空に、星々がひときわ明るく輝く。まだ少し湿りけの残る校庭の砂や、植え込みの樹々や草むらから、夜の匂いが立ちのぼっていた。

ピーッと、江口先生が短く笛を吹く。

「では、二年生最後の授業、総仕上げのつもりで、やりましょう」

はーい、と全員が声を揃えた。各自、動き易い服装で、体操服姿の生徒が一人として居ないのも、いつも通りだ。

カセットデッキから、ラジオ体操第一の号令と前奏が流れてくる。

入学以降、体育の授業では必ず行う体操なので、誰もがすっかり馴染んでいた。

「ありゃ、若いねぇ」

号令に従って腕を回す運動をしていた時、蕗子がふと洩らした。

「さやかちゃんくらいやないか」

遠見の言葉に、「ああ」と相槌を打つ声があちこちから聞こえる。

皆が何について話しているかわからず、さやかは「え？　え？」と周囲をキョロキョロと見回した。

「サヤサヤ」

腰の後ろに手を当てて、上体を反らす運動をしている健児が、声低くさやかを呼んだ。

「気づかれへんように、フェンスの方、見てみ。あっち側のゴール枠の辺りや」

目ぇ合わせせんなや、逃げられるよって、と運動を続けながら、健児は囁いた。

音楽に合わせて身体を捻じり、タイミングを見計らって、さやかはサッカーのゴール枠の方角へと目を向ける。

あああーーーっ！

心の中で、さやかは叫んだ。

フェンスに、若い女性がひとり、佇《たたず》んでいる。

指を網に引っ掛けて、こちらを、じっと見つめる。街路灯が、その寂しそうな姿を、密《ひそ》やかに浮き上がらせていた。

そんな風にして、夜間中学の体育の授業を見ていた覚えがある。

否、覚えがあるどころではなかった。

「さやかちゃんの出番やな」

「せや、さやかちゃんがええわ」

身体を回す運動で、息を切らせつつも、密談は続く。

潤間さん、と江口先生が小声でさやかを呼んだ。

「裏門から行って」

早く、と担任に命じられ、さやかはそっと群れを離れた。

裏門へと急ぎつつ、温かな笑いが込み上げてくるのを抑えられない。

一年前、私が初めてあそこで見てた時も、こんな会話、してたんや。

あの夜、フェンスに指を掛け、顔を近づけるだけ近づけて、授業風景に見入っていた。そう、丁度、今夜の彼女のように。

あの時、ボールを追い駆けながら、皆が今夜のように、さやかのことを気にかけていてくれた。そう思うと、幸せで、そのくせ、ふっと涙が込み上げてきそうで、さやかはぎゅっと奥歯を嚙み締める。

裏門を出て、学校の敷地をフェンス沿いにぐるりと回った。

華奢《きゃしゃ》な女性の後ろ姿が見えた。その片方の手に、一枚のビラが握り締められている。

届いた。

届いていた。

まだ見ぬ友へ、夜間中学のことを知らせたくて作ったビラが、恋文のようなビラが、ちゃんと届いていた。

心の奥深くから、滾々《こんこん》と喜びが湧きだして溢れ、尽きることがない。これまで抱いたことのない、静かで豊潤《ほうじゅん》な想いだった。

落ち着け、落ち着け、と自身に言い聞かせる。

大切なのは、このひとを仲間たちに繫《つな》ぐこと。

驚かさないように……。逃げたくはならないように……。

「こんばんは」

穏やかにゆっくりと、さやかは声をかけた。

それでも相手は、飛び上がらんばかりに驚いて、さやかを振り返った。

声を失したまま、女性は怯《おび》えた眼差しをさやかへと向けている。

さやかは、彼女の持つビラをそっと指し示して、仄《ほの》かに笑んでみせる。

「ビラ、受け取ってくださって、ありがとうございます」

はっ、という吐く息とも声ともわからない、微《かす》かな音が、女性の口から洩れた。

「夜間中学のこと、知ってほしくて。私たち夜間中学生の声を届けたくて。皆で、そのビラを配ったんです」

届いて嬉しかった、とありったけの想いを込める。

女性はさやかを見、さやかもまた、彼女を見つめる。歳《とし》が近いことを、確かめ合うように。過去に何があったのか、何故ここに居るのか、互いの人生を重ね合うように。

「……あなた、ここの？」

消え入りそうな、震える声。

「はい、この河堀夜間中学の二年生です」

明瞭《めいりょう》に答えて、さやかは滑らかに視線を校庭に移す。

「去年、今のあなたと同じように、ここで体育の授業を見てました。フェンスに指を掛けて、食い入るみたいに」

校庭では、河内音頭の振付のおさらいが始まっていた。

夜間照明のもと、不揃いで無残な踊りが展開される。しかし、誰もが楽しげだ。

「誰が生徒か、先生か――ああしてると、ほんまにわからへん」

童謡「めだかの学校」のひと節に乗せて、さやかは朗らかに言った。

つられて、踊りに見入る女性の目もとが、ふと緩む。

さやかは相手の腕を、ビラを持つその手を、柔らかに取った。

その一部始終を、はらはらと見ていたのだろう。ふたりが校庭に姿を現した時、「ああ、来た来た」と安堵の声が重なった。

女性の手を引いて、さやかは駆けだす。夜の校庭の匂いを纏《まと》い、ふたりして仲間たちのところまで、一気に駆けた。

訪問者の手にビラが握り締められているのを認めて、生徒も先生も、皆が何とも満ち足りた表情になる。

「ようこそ、ようこそ」

大きく一歩踏み出して、遠見が歓迎の声を発した。それを機に、わっと歓声が上がる。

「よう来てくれたねぇ」

「ビラ、ちゃんと持っといてくれたんや」

ありがとう、ようこそ、の声が入り混じっていた。

「いえ、私、その……」

そうした経験を持たないのだろう、皆に取り囲まれて、女性は物怖《ものお》じし、後ずさりする。

その肩を江口先生はぽんぽん、と叩いて、

「そのままの格好で良いから、一緒に身体、解《ほぐ》しましょ」

と、誘った。

カセットデッキから、チャンチャカチャーン、チャンチャカチャーン、と軽やかでリズミカルな前奏が流れる。

「ほな、締めはラジオ体操第二ですよ」

皆、広がって、広がって、と江口先生は両腕を内から外へと大きく弾く仕草をした。

女性は戸惑いつつも、肩に掛けていた鞄を足もとへ下ろし、遠慮がちにその場で小さくジャンプを始めた。

腕と足を曲げ伸ばす運動、腕を前から開き回す運動、とラジオ体操のメニューが、順に進んでいった時だった。

思い切りよく胸を反らした彼女が、

「ああ、星が綺麗《きれい》」

と、声を洩らしたのだ。

柔らかな笑みが、あちこちで生まれていた。

「さやかちゃんの時を思い出すなぁ」

「せやったねぇ、同じこと、言うてたねぇ」

遠見が言い、蕗子が頷いた。

身体を捻じる運動を続けながら、さやかもまた、天を仰ぎ見る。

澄んだ夜空に大きくオリオン座、それに木星やシリウスなど明るい星々が瞬いている。

視線を校庭に向ければ、仲間たちが、伸びやかに両腕を横に開く。

何年もかかって、この場所に辿《たど》り着《つ》いた者がいる。
何年も通って、文字や言葉を手に入れた者がいる。
そして、何年もかけて夢を育み、叶《かな》えようとする者がいる。
ひとりひとりが、さやかには、頭上の星と同じく、輝いて見える。
ああ、ここは星の教室だ。
さやかは夜空ごと、学《まな》び舎《や》ごと、仲間たちを抱き締めたい、と想った。

（了）

# あとがき

本書をお手に取ってくださって、ありがとうございます。

本編は、私が漫画原作者時代に、集英社の漫画雑誌「ＹＯＵ」誌上にて、漫画家みなみなつみさんと組んで、二〇〇一年に連載したものを土台にしています。原作を手掛けるため、前年から大阪市立天王寺《てんのうじ》中学校夜間学級に長期取材をお許し頂きました。また、東京や奈良の夜間中学や、全国夜間中学校研究大会でも、貴重なお話を伺う機会を頂戴《ちょうだい》しました。

本編の舞台は、二〇〇一年から二〇〇二年の、大阪にある架空の夜間中学です。作中の学校数や義務教育未修了者数などのデータは当時のものですし、登場人物に特定のモデルが居るわけでもありません。ストーリー自体も、全《すべ》てフィクションです。ただ、取材させて頂いた生徒さんたちの細胞を受け継いでいるのは確かです。

夜間中学を巡る現状は、当時に比して大きく変わっています。きっかけとなったのは、二〇一六年に制定された「義務教育の段階における普通教育に相当する教育の機会の確保等に関する法律（通称・教育機会確保法）」です。これにより夜間中学は初めて、義務教育未修了者に対する教育機関としての根拠を得た、と言えるでしょう。制定後、「全ての都道府県・指定都市に夜間中学が少なくとも一校は設置されるように」との指針が掲げられました。以後、全国で夜間中学の設置が続くようになります（二〇二四年時点で五三校）。

本編では、卒業証書を受け取っていないことが、夜間中学入学の絶対的な条件となっています。しかし、今日では、形式卒業者にも、夜間中学入学への道が開かれています。今回、執筆のために改めて調査・取材をし、この事実を知った時には、本当に安堵《あんど》しました。

時代が変われば、夜間中学を取り巻く状況や、抱える問題も変わっていきます。それでも、「学びたい」という意思の集う学校である、という一点は今後も変わらないでしょう。

作中で引用させて頂いた「夜間中学生の歌」は、実際に、今なお、近畿の夜間中学で、校歌のように愛唱されている歌です。大阪が舞台の夜間中学の物語には、欠かすことの出来ない歌だと、私は考えました。

二十五年前に取材させて頂いた当時は、作詞作曲とも不詳とされていました。けれど、そののち、かつて大阪市内の夜間学級の教員をされていた斎藤和子さん、と仰《おつしや》る方の手によるもの、と判明しています。今回、私の力不足で、ご本人を探しあてることが出来ませんでした。随分と悩み、迷いましたが、お許しを頂かないまま、作中に引用させて頂いています。ご本人、および関係者のかたがたに、心より深くお詫び申し上げます。

過去に取材させて頂いた生徒さんや先生がたのうち、鬼籍に入られたかたも多くいらっしゃいます。当時、そのかたたちと交わした「雑誌連載だけでなく、形あるものにして残します」との約束を、漸《よう》く果たせます。

機会をくださった角川春樹事務所さん、背中を押してくださった読者の皆さん、追取材にご協力頂いた夜間中学関係者の皆さんに、厚く御礼を申し上げます。

皆さまに、お願いがあります。もしも、周囲に夜間中学を必要としているかたが居られるなら、「こういう学校がある」とお伝え頂けませんでしょうか。

全国の、まだ見ぬ友へ。

この物語があなたに届くことを、心から願っています。

感謝と願いを込めて　髙田　郁　拝

装画・扉絵／卯月みゆき
装幀／フィールドワーク

## 著者略歴


高田郁〈たかだ・かおる〉

兵庫県宝塚市生まれ。中央大学法学部卒。1993年、集英社レディスコミック『YOU』にて漫画原作者（ペンネーム・川富士立夏）としてデビュー。2008年、小説家としてデビューする。著書に大ベストセラーとなった「みをつくし料理帖」シリーズのほか、「あきない世傳　金と銀」シリーズ、『出世花』『蓮花の契り―出世花―』『あい―永遠に在り―』『銀二貫』『晴れときどき涙雨』『ふるさと銀河線―軌道春秋―』『駅の名は夜明―軌道春秋Ⅱ―』などがある。2013年『銀二貫』で第1回大阪ほんま本大賞を受賞し、2022年には第10回となる同賞の大賞を『ふるさと銀河線―軌道春秋―』で受賞。





Kadokawa Haruki Corporation

高田 郁

星《ほし》の教室《きょうしつ》

＊

2025年2月18日第一刷発行

2025年5月18日第七刷発行

発行者 角川春樹

発行所 株式会社 角川春樹事務所

〒102-0074 東京都千代田区九段南2-1-30 イタリア文化会館ビル

電話03-3263-5881（営業） 03-3263-5247（編集）

印刷・製本 中央精版印刷株式会社





ISBN978-4-7584-1478-4 C0093

http://www.kadokawaharuki.co.jp/

JASRAC 出 2410046-507